世路悠悠

学会独处，学会与自我和解，与时间坦然相处

蒋子龙 著

慢煮生活，趣谈人间滋味

重庆出版集团 重庆出版社

图书在版编目（CIP）数据

世路悠悠 / 蒋子龙著. — 重庆：重庆出版社，2020.9
ISBN 978-7-229-15045-7

Ⅰ.①世… Ⅱ.①蒋… Ⅲ.①随笔—作品集—中国—当代 Ⅳ.① I267.1

中国版本图书馆 CIP 数据核字 (2020) 第 077223 号

世路悠悠
SHILU YOUYOU

蒋子龙 著

责任编辑：陶志宏 张 蕊
策　　划：白 翎 玉 儿
责任校对：李春燕
装帧设计：璞茜设计

重庆出版集团 出版
重庆出版社

重庆市南岸区南滨路 162 号 1 幢　邮政编码：400061　http://www.cqph.com
小渔工作室制版
天津市行知印刷有限公司印刷
重庆出版集团图书发行有限公司发行
E-MAIL:fxchu@cqph.com　邮购电话：023-61520646

全国新华书店经销

开本：880mm×1230mm　1/32　印张：8.5　字数：180 千
2020 年 9 月第 1 版　2020 年 9 月第 1 次印刷
ISBN 978-7-229-15045-7
定价：42.00 元

如有印装质量问题，请向本集团图书发行有限公司调换：023-61520678

版权所有　侵权必究

序

人的一生一世，会走出一条路。说短如白驹过隙，说长则度日如年，"路漫漫其修远兮"。幸福的人会觉得短暂，还没活够；对于不幸的人却很漫长，熬不到头。

其实长短都一样，这头是生，那头是死。短也是一生，长也是一生。

所有奥妙，都在中间这一段。或铺满鲜花，或遍地荆棘；或平坦宽阔，或崎岖坎坷；或路遇贵人相助，或常被小人下绊；或登上高峰，或跌入陷阱；或风光无限，或多灾多难……一人一条路，变化莫测，千差万别，天上地下。

人生之路受命运指引。

于是，自人类知道世间有"命运"这种东西，就千方百计想破解其密码。经典之作有《周易》，高人、智者的指点迷津有《推背图》《烧饼歌》，民间智慧的总结有《麻衣相书》《三命通会》等等，不计其数……

可有把命运解透的？没有。

正因为解不透，人类才一代代繁衍不息，活得兴致勃勃。

我年已八旬，回望走过的一大半路，编了这本小书，希望能悟出点什么：为什么自己会走成这样一条路，人生的拐点在哪里？到老了能不能活得明白点？譬如地球上所有的动物都懂得，活着的目的是享受生命。唯独作为高级灵长动物的人类，反而不知道享受人生，如今我知道了，却还不能做到，你说怪不怪，蠢不蠢？

是为序。

蒋子龙

2020 年 4 月 10 日

在薄情的世界深情而活

把自己活成一种方式，活得云山梦水，沉稳而待。看似薄情，实为深情。

序	1
梦里乡关	3
老乔这一『炮』	9
甲子人语	27
童年的色彩	39
河的经典	42
记忆里的光	49
走上文学的小路	54
第一篇小说	67

结婚就是为了『过日子』	71
梦游国庆节	77
面对收割	82
国家的投影	87
『大参观』的年代	92

那些年,那些事,那些人

有些故事未说,说故事的人却已先流泪。有些人丰富了青春,有些事构筑了回忆,但它们都同时夯实了人生……

小龙也是龙	99
母亲就是天堂	102
颖影	109
生死传奇	121
秦征轶事	128
在潜江读曹禺	133
武夷灵人	138
国凯师兄	146

沧海大和尚	153
包儿与少年	157
怀念大山	160
相依为命的和谐	164
执着一生的激情	168
裴艳玲记	173
毛乌素之魂	178
什么人死后会成神？	186

关羽，真神！ 192

不掩藏自己的疯狂 197
——追祭艾伦·金斯伯格

腌菜何以成『王』 203

车轮上的共和国 209

趣谈生活

慢煮生活，趣谈人间滋味。

对虾传 221

爱情欺负什么人 224

红旗与渠 232

横琴变奏 238

邯郸寻梦 243

红豆树下 249

泪厅 255

生动而温暖的墓地 258

在薄情的世界深情而活——

把自己活成一种方式,活得云山梦水,沉稳而待。看似薄情,实为深情。

梦里乡关

故乡是每一个人的伊甸园,给了你生命的源头,让你知道自己是从哪儿来的。故乡滋养着一个人的精神,留有童年的全部欢乐和记忆。故乡也只属于童年,人稍一长大,就开始苦恋天涯,梦想远走高飞做舍家游,如同鸟儿翅膀一硬就要离窝。青年人满脑子都是"好男儿志在四方""读万卷书,行万里路""天涯何处无芳草""青山处处埋忠骨"……在我的家乡甚至形成这样一种风气,能闯出去才叫有出息,无论上(北)京下(天津)卫,都是本事。而一旦上了年纪,就开始恭敬桑梓,"露从今夜白,月是故乡明"。

于是也就有了"乡心"——"思心昼夜起"。离乡越久,思乡越切,万般滋味,尽作思归鸣。

我是1955年夏天,考到天津读中学的。离开了家,才知道什么叫想家。出门在外反把家乡的千般好万般妙都想起来了,却已没有退路,半途而废,将无颜见家乡父老。

特别是后来的"遣送回乡",变成一种严酷的政治惩罚,形同罪犯。久而久之,一般人跟故乡的感情被异化,或严重扭曲,一旦离开就很难再回去了。正由于此,至今60多年来,我做梦大都还是故乡的情景,特别是做好梦的时候,当然那背景和色彩是我童年时故乡的样子。不仅故乡的形貌像刀刻般印在我脑子里,就连我们家那几块好地的形状和方位,也还记得清清楚楚……

我的老家是个大村子,南北狭长,村子中间有一条贯穿南北的主街,东西两侧各有一条辅街,每隔五天有集。即便不是赶集的日子,一到晚上,羊杂碎汤、烤烧饼、豆腐脑、煎焖子的香味便从主街弥散开来,犒劳着所有村民的鼻子。如果我表现得好,比如在全区的会考中拿了第一,或者在秋凉草败的时节还能给牲口割回一筐嫩草,老娘就会给我三分钱和一个大巴掌形的棒面饼子,到主街上或喝羊汤,或吃焖子,任由我意。现在想起来还觉得齿颊生香。

在村西有一片茂密的松树林,那就是我心目中的"野猪林"。虽然没碰到过野猪,却不止一次见到过拳头般粗的大蛇,有人放羊躲到林子里乘凉,盘在树上的巨蟒竟明目张胆地吸走了羊羔。村东一片深水,人们称它为"东坑",据村里老人讲,几辈子没有见过它干坑,大家都相信坑底一定有王八精。村北还有一片水域,那才是孩子们的乐园,夏天在里面洗澡、摸鱼捉虾，冬天在冰上玩耍。只有在干旱的年月，才会缩小成一个水坑，然而水面一小又容易"翻坑"，鱼把水搅浑，浑水又把鱼虾呛得动弹不得，将嘴伸到水面上喘气，这时人们下坑就跟捡鱼一样。有一回我下洼割草回来，正赶上翻坑，我把筐里的草卸下来，下坑不一会儿就捞了多半筐头子鱼。

还有瓜地、果园、枣林、满洼的庄稼、一年四季变化丰富的色彩……如果世上有天堂，就该是自己的家乡。有一年暑期因贪玩误了回天津的火车，只好沿着南运河堤走到沧州站赶快车。河堤上下是遮天蔽日的参天大树，清风习习，十分凉爽。这古老的林带从沧州一直铺展到天津，于是想好一个主意，来年暑假提前备好干粮，豁出去两三天时间，顺着森林走回老家。可惜第二年全国"大跃进"，我要勤工俭学，不能再回家了。隔了许多年之后才有机会还乡，竟见识了真实版的"家乡巨变"：满眼光秃秃，护卫着南运河堤的千年老林消失了，我站在天津的站台上似乎就能看到沧州城。南运河在我的记忆中是一条童话般的长河，竟然只剩下了一条干河床，里边长满野草，中间还可以跑拖拉机。

我的村子也秃了、矮了、干了，村头道边的大树都没了，几个滋润了我整个童年的大水坑也消失了……这让我失去了方位感，不知该从哪儿进村，甚至怀疑这还是我梦牵魂绕的老家吗？最恐怖的是紧靠着村子西边修了个飞机场，把村里最好的一片土地变成白晃晃的跑道，像一刀砍掉了半个村子。自那次回家后，我的思乡梦里就有了一条抹不掉的伤痕。

在我的记忆里老家是很干净的，冬天一片洁白，到春天大雪融化后麦苗就开始泛绿，夏天葱绿，秋天金黄……那个年代人们没有垃圾的概念，生活中也几乎没有垃圾，无论春夏秋冬乡村人都起得很早，而清晨起来第一件事就是先将自己庭院和大门外面打扫干净，清扫出来的脏东西铲到粪堆上沤肥。家家都有自己的茅厕，对庄稼人来说粪便是好东西，没有人舍得胡乱丢弃，即便是牲口在路上拉的屎，都要捡起来带回家，或扔到自家地里。而今还没进村子却先看到垃圾，村外的树枝上挂着丝丝缕缕、花花绿绿的脏东西，凡沟沟坎坎的地方都堆积着跟城市里的垃圾一样的废弃物……我无法相信村子里怎么能产生这么多垃圾，抑或也是沾了飞机场和沧州市的光？

这还是那个 60 多年来让我梦魂萦绕的故乡吗？如今似乎只剩下一个村名，其余的都变了，苍凉、麻木，无法触摸到故乡的心房，却让我觉得自己的所有思恋都是一种愚蠢。让我感到心里刺痛的还有家乡人的变化，有热情没有亲情，热情中有太多客气，客气里有拒绝、有算计。我有一发了财的同乡，跟我商量要回乡投资，回报老家。我大喜，欢欣鼓舞地陪着他见老乡，商谈具体事宜，待到真正付诸实现，始知抬脚动步都是麻烦，已经谈好的事情说变就变，一变就是多要钱，乡里乡亲又恼不得也气不得，比他在别处上项目成本高得多，效率慢得多，而且估计最终难有好结果，他便擦干净屁股，带着失望乃至绝望逃离了故乡。

自那件事情之后我也很少再回老家了，才知"家山万里梦依稀"，不只是空间上的距离，更重要的是心理距离。"不是不归归不得，梦里乡关春复秋"。每到清明和除夕，夜深人静之后，到一偏僻十字路口，给父母和蒋家的列祖列宗烧些纸钱，口中念叨一些不肖子孙道歉该说的话。有时话说得多了难免心生悲凉，今夕为何夕，何乡说故乡？

其实故乡就是爹娘，有爹娘在就有故乡，无论故乡变成什么样子。没有爹娘了，故乡就只能留在梦里啦。但故乡是一定要回去的。活着回不去，死了也得回去。西方人死后愿意见上帝，中国人死后希望能认祖归宗。屈原唱道："鸟飞反故乡兮，狐死必首丘。"连狐狸死的时候，也要把头朝向它出生的土丘。有一天晚上读向未神游的诗："生我的人死了，养我的人死了，埋葬了父亲等于埋葬了故乡！处处他乡处处异乡，从此我一个人背着故乡，走啊走啊看不到前面的路,蓦然回首也找不到来世的方向。"

忽然眼泪就下来了,情不自禁冲着故乡的方向跪倒,心里呼唤着爹娘脑袋磕了下去……

老乔这一"炮"

说《乔厂长上任记》，就不能绕开《机电局长的一天》，它们是姊妹篇，没有《一天》，就没有后来的"乔厂长"。凡事都有因，有因才有果，经过"文革"10年折腾，经济处于崩溃的边缘，全国以"工业学大庆"为由，想掀起一个抓生产的热潮。正是沾这个潮流的光，我从被"监督劳动"的生产第一线调出来代理工段长，负责甲班整个车间的生产。由于"天津工业学大庆会议"上涉及大型发电机转子，将由我们车间锻造，便让我列席这个大会。鬼使神差从北京来了个温和的老大姐，在会场上找到我，自报家门是原《人民文学》的老编辑部主任许以，说毛泽东亲自下令，停刊多年的《人民文学》要在1976年初复刊，约我为复刊第一期写篇小说。不知是大气候有转暖的趋向，敏感的文学先复苏，还是国将大变，由文学发端？抑或是一种什么预兆，藏有什么玄机？《人民文学》是"国刊"，是业余作者梦寐以求想登上去的文学圣殿,可我当时并没有受宠若惊的感觉,甚至不敢太过兴奋,因为心里没底,只是谨慎地答应试试看。当时住在宾馆里的条件很好,两人一个房间,有写字台、台灯,那时候开会要不断地写材料、写发言稿,我就可以通宿地开夜车,写出了短篇小说《机电局长的一天》,发在1976年复刊第一期《人民文学》的头条。

那时候流行出简报,编辑部寄给我的第一期简报上,选编了读者对我这篇小说的反映,几乎是一片赞扬声,其中还有叶圣陶、张光年等文学大家的肯定。但,很快全国展开了猛烈的"反击右倾翻案风",到3月的简报上,就有一半读者来信认为《机电局长的一天》有严重错误。当月文化部要召开一个文艺座谈会,编辑部想保我,试探"上面"对我的态度,便把我的名字也报了上去。文化部居然没有把我的名字砍去,看来事情还有救。我心情不无紧张地随《人民文学》常务副主编施燕平走进会场。在第一天文化部长于会泳的报告就给了我当头一棒,他说:"有人写了坏小说,影响很大,倾向危险。一些老家伙看了这篇小说激动得掉泪,难道还不足以引起我们深思、说明这件事情的严重性吗?当然,如果作者勇于承认错误,站到正确路线上来,我们还是欢迎的。"我注意到他给《一天》定性是"坏小说",心里愈加忐忑,"坏小说"等于"毒草",还是比"毒草"略好一点?

不管怎样,检查是必须写了,我觉得已经够违心地给自己上纲上线了,编辑部却向我传达:上边很不满意,不痛不痒。而且决定我的检查要在《人民文学》上公开发表。那个年月一旦公开检查,就等同于政治上被枪毙。编辑部多次派副主编一级的人物到天津劝说,苦口婆心地帮助我"提高认识",甚至许诺在发表我的检查的同时,再配发一篇我的小说,以示我虽然写了"坏小说",却并没有"倒"。明明知道他们是为我好,但我的态度却越来越不耐烦,在参加天津人艺的一个活动时,老作家于雁军、作曲家王莘、人艺导演方沉等都很关心我,打听写检查的事,我心里正窝着火,当即口出恶言:"哑巴叫狗操了,有苦说不出来,只能豁出去了,一不写检查,二从此不写小说,顶大了再被监督劳动。"这话不知怎么传到北京去了,特别是那句脏话,好像文艺界的人都知道了。《人民文学》编辑部不再找我,决定由副主编李希凡代笔替我写检查,检查写好后先请天津市委领导审查,领导同意后再由市委做我的工作,在检查上签字。

1976年5月9日晚上,妻子有临盆的感觉,我将7岁的儿子反锁在家里,骑自行车把妻子驮到南开医院,顺利产下女儿,随即返回家熬好小米粥,灌在暖水瓶里,让儿子睡下，继续锁好门，将暖水瓶挂在车把上急忙往医院赶。赶到医院门口被一人拦下，让我立刻去市委，说市委王书记在等我，李希凡带着替我写好的检查等我签字，还说他的一个同事到产房做我妻子的工作……我一阵怒火攻心，骂他不是东西，我妻子刚生产，经得住你们这么吓唬吗？今晚除非你带警察来抓我……越说越气竟抡起那一暖瓶小米粥向他砸去，那小子早有提防，躲闪及时只伤到了一点腿脚。我跑到产房，妻子已经吓坏了，旁边一个面目可憎的女人还在跟她絮絮叨叨……产妇最怕惊吓，一受惊吓奶水就下不来了，那个年月物质极度匮乏，没有奶水孩子大人都遭罪了。事实是以后的境况比我担心的还更厉害。我当时的表情大概相当恐怖，只喊了一声"滚"，她就哧溜一下出了产房。我劝慰了妻子几句，她则让我别跟上边闹得太僵，得考虑她们娘仨……我冷静下来直心疼那个暖水瓶和一瓶小米粥，在那时侍候月子这就是好东西了。妻子产后还滴水未进，只好回家又重熬了一小锅。

第二天市里来了一辆吉普车把我拉到市委招待所，先由当时的天津市"文教组"副组长孙福田跟我谈，他看上去像个好好先生，温言细语的没有一上来就打官腔，对昨天晚上我竟然让市委书记白等的事也只字不提，随后才传达了市委文教书记王曼恬的指示："李希凡同志替你写的检查，文化部的领导通过了，咱们市委领导也同意，你必须签字，不签字后果会很严重，我们都保不了你……"我问："怎么个严重法？"孙福田没有直接回答，旁边有个小个子助手，大概相当于现在的文艺处处长，接口说："不签字也甭想还能在工厂当工人……"他也没把话说完。我当过兵，打过真枪实弹，不是被吓唬大的，便抬高嗓门问："还要抓我？"他们两个都不再吭声，只是神情严肃地望着我。我表面上火气不小，心里也毛咕了，那个时候别说抓个人，就是弄死个人也跟闹着玩儿似的。如果今天我真的从这儿被他们带走，老婆和刚出生的女儿还在医院里，儿子中午放学回家进不去门，谁管他？大家虽然都没有出声，但孙福田肯定猜到我不会硬顶了，就打破僵局说："我们先去见李希凡同志吧。"因挑战俞平伯而被毛泽东表扬的李希凡，竟代我写检查，也真难为他了。他亲自将检查读给我听，听得我一阵阵后脊梁发冷，读后当孙福田问我同意不同意时，我说，同意不同意不都得签字吗？我签上自己的名字后，二话不说就离开了。似乎至今对李希凡还欠一句道谢的话。

很快《人民文学》发表了这个检查，同时还有我的一个短篇小说《铁锨传》。我和编辑部都认为这件事到此就该画句号了，殊料大麻烦才刚开始，且不断升级。首先是"上边"的态度变了，"对蒋子龙要在全国范围内批倒批臭！"一开始我以为是被李希凡和编辑部骗了，后来从《简报》上才知道，连编辑部也被于会泳或更大的头儿骗了，曾两肋插刀替我上纲上线起草检讨书的李希凡冲着主编袁水拍拍了桌子："人家写了检查还要批，你们说话不算话，叫我怎么向天津市委交代？怎么向蒋子龙解释？"袁主编口气更硬："现在形势变了，蒋子龙是毒草小说的作者，对他也要跟对俞平伯一样，该批就得批！"当时国内的文化类刊物不是很多，凡我在报刊门市部能见到的，都展开了对《一天》的围剿，甚至连离我很远的广西一家社会学类的刊物和一个大学的校刊，都发表了批判《一天》的长文。新华社1976年6月25日的《国内动态清样》上转载了辽宁分社的电稿："辽宁文艺界就批判《一天》的事请示省委，省委一领导说中央有布置，你们不要抢在中央的前边，蒋子龙是反革命分子，《一天》作为大毒草批判，编辑部敌我不分……"这一切都说明"上边"的确下了指令，乃至有过统一的部署。

我仍在车间里三班倒地抓生产，也不敢去主动打听消息，只在歇班的日子到处踅摸牛奶和青菜时路过报刊门市部，进去匆匆翻翻各地报刊，获得一些各地批我的信息。最令我想不到的竟然还有人打上门来，他们穿着绿军装，胳膊上戴着红袖章，拿着内蒙建设兵团的介绍信，自称是一个排长带着两个战士，在工厂门口站了三天要抓我去内蒙批斗。只因一开始他们态度骄横，认为工厂阶级斗争的盖子没有揭开，漏掉了我这个"大毒草炮制者、反革命修正主义黑笔杆子"，惹翻了工厂造反派的自尊心，我们的黑帮我们自己批斗，用不着你们狗拿耗子。造反队员拿着铁器在大门口一挡，那三个内蒙造反派就真不敢进门。当然那几天我也不敢离开工厂，若不是工厂保护我，真被揪到内蒙，还能不能活下来就不好说了。后来听说那三个内蒙造反派又进京找到《人民文学》编辑部，声色俱厉地宣布："不彻底揭开文艺界阶级斗争的盖子、不揪出蒋子龙批倒批臭就不撤离编辑部！"

我是在《文艺战线动态》第31期上见到了这个消息，当时《人民文学》主编袁水拍写的"交代材料"上还有这样一段话："1976年3月18日，于会泳在西苑旅社召开创作会，于说，蒋子龙受邓的流毒影响，胡说什么在天津开工业学大庆会，刮风就是这个会……小说配合了右倾翻案风，把走资派当一号人物来写，主人公霍大道就是豁出去不怕被打倒……"我真佩服那个年代的政治想象力，而且让你有口难辩，越描越黑。我为什么让一号人物姓霍记不清了，八成是姓这个姓的人少一些，显得新鲜。"大道"则是根据我当兵时副大队长的名字演化来的，他自小给地主放牛，有小名无大号，丢了牛为避祸就拦住部队当了兵。当了兵就得有个名字，接收他的营长当场说：你在大路上参军，就叫王大路吧。如果非要找一个霍大道的模特出来，应该是我们厂的第一任厂长冯文彬，偏巧也是"个儿不高"。我给他当过秘书，冯头儿讲话极富鼓动性，每逢他作报告，大礼堂里比看电影人还多。至于为什么要把"走资派当一号人物"，非常好理解，那个时候的文艺作品几乎无一例外的都是用"小将""年轻的造反派"作主角，我只是想出点新。还有什么"老刘就是影射刘伯承，小万就是万里"等等，简直匪夷所思，现在说起来像闹着玩儿，那个时候却可以借此毁掉一个人。

　　先在天津最堂皇的剧院"中国大戏院"，召开对我的全市批判大会，过去梅兰芳、马连良等名角来津，一般也都在这个戏院演出，我不知是该感到荣幸，还是该觉得亵渎了那个舞台。据工厂派去参加批判大会的代表回来传达说，会上呼喊"打倒蒋子龙""踏上一只脚，永世不得翻身"等口号一百多次，其中"发言最有水平"的是曾经跟我一起参加"三结合创作组"的话剧团专业编剧。随后是工厂的批判会，召集上早班和正常班的人参加。听起来声势很大，真正在会场坐到底的我看连一半都没有，许多人到会场打个晃就回家了，等于放半天假，工厂对这一套似乎有些疲沓，说起来还是沾了我的光。后来《人民文学》的编辑来信告诉我，甚至在举国召开毛泽东追悼会的那天，编辑部还要先开批判会，承认《机电局长的一天》是大毒草并作了批判发言的，才有资格去参加追悼会。

所以，如果非要说"改革文学"由我发端，也是从《机电局长的一天》开始，而不是后来的《乔厂长上任记》。1979年春，《人民文学》编辑部派人来给我"落实政策"，实际是约稿。那天正下雨，我由于在车间经常连轴转，生活没规律，日子也过得很艰难，上火很厉害正在医院割痔疮。编辑向我大致介绍了"文革"中把《机电局长的一天》打成大毒草的过程，并代表编辑部向我道歉。如果不记恨他们，就再给《人民文学》写篇小说。这话说得有点力道，如若我不写这篇小说就意味着不原谅《人民文学》编辑部。"文革"不是他们发动的，整我的也不是他们，要记仇也不能把账算到他们头上。可是，我当初说过大话，一不写检查，二不再写小说。近三年来我确实没有动过再写小说的心思，甚至也不看小说了，实际是真没有时间。"文革"后落实政策让我当了车间主任，车间有五跨，厂房三万多平方米，一千多名职工，相当于一个中型企业。但缺少一个独立工厂的诸多自主经营权，千头万绪，哪儿都不对劲。

我在生产第一线劳动了许多年，可以说攒足了力气想好好干点事，车间的生产订单又积压了很多，老是不能按时完成计划，正是可以大展拳脚。可当你塌下心来想干事，却不是那么回事，或者有工艺缺材料，好不容易把材料弄来，机器设备又出了故障。多年生产秩序打乱，规章制度遭到破坏，机器设备不能定期维护，到处都是毛病。或者把设备修好了，人又不给使唤，经历了"文化大革命"，人们真像改朝换代一样，眼神都变了，你是这个派的，他是那个派的，心气不一样了，说话的味道不一样了，仿佛谁看谁都不顺眼，对待工作的态度大不如从前。"文革"是结束了，"文革"的意识形态哪有那么容易结束？待你磨破了嘴皮子、连哄带吓唬地把人调度顺了，现行的管理体制不仅不给你坐劲，反而处处掣肘，本该由上边撑着的责任却撑不起来。虽然工厂的领导换了，但换人容易换思想难……我感到自己天天都在"救火"，常常要昼夜连轴转，有时连续干几天几夜都回不了家，身心俱疲。有一次检查安装质量，我从车间的24米热处理炉上摔下来，暖风擦过我的脸，火光在身边一闪而过，跟着就失去了知觉。如果就那样死了，也很惬意，并没有什么可怕的。当时处理炉下面有一堆铸钢的炉件，如果摔到那上面，肯定就没有后来的"乔厂长"了，炉件旁边是一堆装过炉件的空稻草袋子，算我命大正掉在稻草袋子上。即便是那样也当场就昏死过去了，厂卫生院的医生救了半天没救过来，等救护车拉着我从坐落于北仓的工厂出发，大约一刻钟后过了北洋桥，我突然醒了，除去头有点疼自觉没什么大事。到总医院检查了一遍，果然什么事都没有，医生给开了几粒止疼片，跟陪我的同事乘公交车回到工厂，继续干活。就是这种生活的不稳定感和危机性刺激了我的精神，加深了对生活的理解，趁着又有了写作的权利，似乎应该再写一篇小说。于是答应了《人民文学》的编辑，利用病休的三天时间写出了《乔厂长上任记》。

当时自己的感觉是将几年来积压的所感所悟一泄而出……没想到这篇小说又惹来麻烦。天津市委机关报突然连续发表了14块版的批判文章，伴随着各种各样的谣言铺天盖地地压过来。一位姓王的曾被打成过右派的老作家，在报纸上发表了声讨我的长文之后，又带着介绍信亲自到工厂查我的老底，看我历史上有没有什么问题，是不是造反派头头或打砸抢的坏分子，倘若能抓住点什么把柄，那就省事多了，可动用组织手段解决我。工厂的领导对他的大名并不熟悉，只是公事公办地接待了他，说我除去出身富农还没有发现其他问题，"文革"前是厂长秘书，后来又调到四清工作队，因此"文革"一开始就被造反派打成保皇派，下到生产第一线监督劳动……此人曾以主张"创作需要才能"而挨整，何以现在又开始整别人，或者成了别人整我的工具？

　　有人说经历就是财富，是经历让人有差别，让作家有差别。我经历了那样一番从领导层到文学圈子，从组织手段到文学手段，特别是同行们知道往哪儿下手可以置我于死地，有文学上的公开批判，有政治上的上纲上线，有组织上的内查外调，"他们相信只要摔出足够多的泥巴，总会有几块沾上！"如果我身上真有黶儿，那就真完了。经过这样一番揉搓，就是块面团也熟了，心里稍微有点刚性也就成铁了，文学再不是东西也得跟它摽上了，即便我不摽它，它也得摽上我。每见到报纸上有批判我的文章，当夜一定要写出一个短篇的初稿，到歇班的日子把它誊清寄走。好在这个时候向我约稿的很多，他批他的，我写我的，让自己的作品像一列火车，那些拿枪的人瞄准的是车头，等扣响扳机只能打上车尾巴，叫他们批不胜批。

　　写作不是好职业，却是一种生命线，是精神的动力。既成了写作的人，不写作生命就会变得苍白无力。不是也有人说过，一个作家的价值可以用其挨批的程度以及树敌的数目来衡量吗？创作是一种欲望，要满足创作欲自然得付出代价。偏偏文学这种东西又只会热，不会冷，在生活中老想扮演一个讨厌的求婚者，自以为已经肝脑涂地，却常被怀疑不忠；本来想借写作实现自己，写作反而使自己变成另外一个不同的人。个人的灵魂走进小说的人物中去，笔下的人物渗透进自己的灵魂中来，个人生活和小说混为一团，分不开哪是自己写的小说，哪是自己真实的生活，你分得开别人也不想分开，硬要把你的小说套在你这个人的身上。到底是享受文学，还是文学在消费自己？生活的本质，就是不让所有人都能得到他们想要的所有东西。经历了这种种精神上和道德上的考验，包括自我冲突，仍有责任感，连我自己都觉得是一种生命的奇迹。老挨打老也被打不死，就证明有着特殊的生命潜力。

被闹腾到这般地步，我竟然还能以"特约代表"的身份到北京参加第四次全国文代会，原来是开会前一周胡耀邦专为《乔厂长上任记》做了批示，后来在公开发表的《王任重同志在全国文艺期刊编辑工作座谈会上的讲话》中，表达了大致相同的意思："蒋子龙同志的小说《乔厂长上任记》和《后记》我认为写得好，天津市委的一位同志给我写了一封信，说《乔厂长上任记》有什么缺点错误，我回了他的信。我说，小说里有那么几段话说得不大恰当，修改一下也不难。整个小说是好的，怎么说也是香花，不能说是毒草；说有缺点，那也是有缺点的香花。"热闹吧？就为一篇小说竟惊动了这么多人。其实这并不是单纯的小说事件，它触发了时代的潜在的历史情结，有着更为复杂的社会性。小说不过是碰巧将历史性潮流和历史性人物结合在一起，造成了一定的社会轰动效应，并非是作者对生活和艺术有什么了不得的发现。"乔厂长"还带来了另外一些影响。

　　《乔厂长上任记》作为小说，自然是一种虚构。任何虚构都有背景，即当时的生活环境和虚构者的心理态势。不是要将自己的虚构强加给现实，是现实像鞭子一样在抽打着我的想象力。所以我总觉得"乔厂长"是不请自来，是他找上了我。当时我完全没有接触过现代管理学，也不懂何谓管理，只有一点基层工作的体会，便根据这点体会设计了"乔厂长的管理模式"，想不到竟引起社会上的兴趣，许多人根据自己的体会理解乔厂长，并参与创造和完善这个人物。首先参与进来的是企业界，西北一大型石化公司，内部管理相当混乱，其中一个原因是上级主管部门一位主要领导的亲戚，在公司里横行霸道，群众意见很大。某一天清晨，公司经理走进自己的办公室，发现面前摊着当年第七期《人民文学》，已经给他翻到了《乔厂长上任记》开篇的那一页，上面压着纸条提醒他读一读此文。他读后召开全公司大会，在会上宣布了整顿公司的决定，包括开除那位顶头上司的亲戚，并举着1979年第七期《人民文学》说:"我这样做是有根据的,这本杂志是中央办的,上面的文章应该也代表中央精神!"

看到这些报道时我几乎被吓出一身冷汗。以后这篇小说果然给我惹了大麻烦,挨批不止。连甚为高雅的《读书》杂志也发表鲁和光先生的文章,文中有这样的话,他接触过许多工厂的厂长都知道乔光朴,有些厂长甚至当企业管理的教科书在研究,但管理效果并不理想,最后简直无法工作下去,有的甚至被撤职。我真觉得对不起人家,以虚构误导现实,罪莫大焉。也有喜剧,东北一位护士来信讲,她父亲是一个单位的领导,性格刚烈,办事雷厉风行,本来干得有声有色,却因小人告状,领导偏听偏信就把他给"挂"了起来。他一口恶气出不来便把自己锁在屋里,两天两夜不出门也不吃不喝。有人出主意从门底下塞进《乔厂长上任记》让他读,读后他果然开门走了出来,还说"豁然开朗"。我一直都没想明白,他遇到的是现实问题,读了我的小说又如何能"豁然开朗"呢?除此之外这篇小说还引发了其他一些热闹,现在看来有些不可思议,甚至显得无聊。在当时,人们却异常地严肃认真、慷慨激愤,有些还酿成了不大不小的事件。天津能容纳听众最多的报告厅是第一工人文化宫大剧场,经委系统请来一位上海成功的企业家作报告,入场券上赫然印着:"上海的乔厂长来津传经送宝"。天津有位知名的企业家不干了，先是找到主办方交涉，理由是你们请谁来作报告都没关系，叫"传经送宝"也行，但不能打乔厂长的旗号，这个称号只属于他。他不是凭空乱说，掏出随身带着的一张北京大报为凭，报纸上以大半版的篇幅报道了他的先进事迹，通栏的大标题就是《欢迎"乔厂长"上任》。主办方告诉他，报告者在上海也被称作乔厂长，而且所有的票都已经发下去了，无法更改。那位老兄竟然找到我，让我写文章为他正名，要承认只有他才是真正的乔厂长，其他打乔厂长旗号者都是冒牌货。记得我当时很感动，对他说你肯定是真的，因为你是个大活人，连我写的那个乔厂长都是虚构的，虚构的就是假的嘛，你至少是弄假成真了。至今想起那位厂长还觉得非常可爱。

就是到工厂调查我的那位老作家，对《乔厂长上任记》已经到了深恶痛绝的程度，每到一地只要有机会就先批"乔厂长"。他到淮南一家大煤矿采风，负责接待的人领他去招待所安排食宿，看介绍信知道他是天津来的，便向他打听我的情况以及"乔厂长"这篇小说。不想这触怒了老作家，老作家立即展开对《乔厂长上任记》的批判，等到他批痛快了却发觉旁边没人管他了……有个服务员过来告诉他，我们这里不欢迎反对乔厂长的人，你还是另找别的地方去采风吧。这位老同志回来后不依不饶了，又是写文章，又是告御状，说我利用乔厂长搞派性，慢待老同志……当时的市委文教书记在第一工人文化宫动员计划生育和植树造林时，竟因批判这篇小说忘了谈正事，以至于到最后没有时间布置植树和节育的事。因此厂工会主席回厂传达的时候说：咱厂的蒋子龙不光自己炮制毒草，还干扰和破坏全市的植树造林和计划生育……这真应了经典作家的话："闹剧在本质上比喜剧更接近悲剧。"市委领导如此大张旗鼓地介入对这篇小说的围剿，自然会形成一个事件，一直到许多年以后作家协会换届，市委领导在做动员报告时还要反复强调，"不能以乔厂长划线……"

一个虚构的小说人物竟成了划分两种路线的标志，真是匪夷所思！虚构不仅在干扰社会现实，还严重地干扰了虚构者自己的生活……萨特说小说是镜子，当时的读者通过《乔厂长上任记》这面"镜子"，到底看到了什么，值得如此大动肝火？后来我看到一份《文化简报》，上面摘录了一段胡耀邦对这篇小说的评价，我想这可能是那场风波表面上平息下去的原因。有这么多处于不同阶层的人结成联盟，反对或喜欢一篇小说，"乔厂长"果然成个人物了。那么，当时的现实到底是欢迎他呢，还是讨厌，甚或惧怕这个家伙？但所有这一切，都是对这个人物的再创造，是当时的社会现实成全他应运而生。我不过是扮演了产婆或助产士的作用。是我的虚构拨动了现实中甚为敏感的一根神经。但不是触犯了什么禁区,而是讲述了一种真实。文学虚构的本质就是为了更真实。赫鲁晓夫有句名言:"作家是一种炮兵。""乔厂长"这一"炮"或许打中了现实社会中的某个穴位,却也差点把自己给炸掉。

甲子人语

毋庸讳言,一般人都不愿意老。不然为什么有相当多的人怕退休?甚至为延缓退休而涂改年龄,所谓"59岁现象"即是"退休恐惧症"的一种反映。所以,国人把正常退休形容为"安全着陆",退休居然成了很不安全的事情,就如同有一架老掉牙的飞机,能够平安降落就是万幸。这时候就看出来,还是当作家好。退休不仅不会影响写作,还意味着有更充裕的时间用于写作。

话说我也终于熬到了该退休的日子,就觉呼啦一下,全身心即刻轻松下来。从此作家协会的是是非非,吵吵闹闹,文人们相轻也罢,相亲也好,谁去告状,谁又造谣,如何平衡,经费多少,药费能否报销,职称有无指标……全跟我没有关系了,感到从未有过的自由和惬意。人到六十岁就有了拒绝的权利,对有些人和事可以说"不"了,不想参加的活动就不去,不想开的会就不开,不想见的人就不见，不想听的话就不听……眼不见心不烦，耳根清净心就清静。哎呀，妙，人到了六十岁真好！

　　人一般会越老越宿命。我就越来越相信造物主的公平：年轻时得的多，上了年纪就失去的多；年轻时缺的，到老了还会补上。我在年轻的时候就没有很好地享受青春，到老了反而开始体验自己的青春……那么，我在青春年少的时候干什么去了？这要说起来话可就长了。年届花甲，倒也不妨小结一番。

　　我出生于日本侵华的战乱年代，在逃难中因奶水吃不饱经常哭闹，乡亲们都藏在庄稼地里，最怕的就是有人出声。于是我成了大家的拖累，家人无奈一咬牙便把我遗弃在高粱地。但跑出去老远还能听得到我的哭声，心实不忍，大姐又折回把我抱上，算是捡回了一条小命。也是我命不该绝。俗云"大难不死，必有后福"。我虽然自小喜欢练武，沧州以练武闻名于世，我的村上就有南北两个练武的场子。可上学以后功课还不错，曾经在全区会考中拿过第一名，这下就调动起父亲的野心。他因"识文断字"，在村上做先生，也算是活得明白的那种农民。于是就想把我"培养成材"，要成材就不能耍刀弄棍玩拳脚，父亲严禁我再到练武场上去。我眼馋就常常偷着去练，为此不知道挨过多少打。

后来稍大一些了才明白父亲的用心：我有弟兄四个，老大继承祖业，在家里守着父母；老二在天津学买卖，前（钱）途无量；老三多才多艺，成了手艺人，在天津靠技术吃饭；我是老四，留给我的只有一条路可走："万般皆下品，唯有读书高。"十四岁从沧州一下子考到天津上中学，还算可以。谁知十六岁赶上了"反右派"，因说了一句话成为全校唯一的一个被批判的学生，并被撤掉班主席职务，受了个严重警告的处分。

那句惹祸的话是："孟主任够倒霉的。"孟是学校教导主任，昨天还给我们上大课讲《三国》，今天就被打成了"右派"，让班干部们列席批判会。在散会后回班的道上我嘟囔了那句话，不过是年轻多嘴。想不到班委中有个好朋友一直跟我暗中较劲，学习成绩也跟我不相上下，老想取我而代之。这个机会岂肯错过，跑到学校"反右运动办公室"告了我一状。当时好像有说法中学生不打右派，但没完没了的狠批臭骂却躲不过去，一直折腾了我半年多。作为回报，将我拉下来以后，那位朋友顶替我当了班主席。这是我平生第一次知道了什么是小人，体验了奸诈和被出卖的滋味。沧州人气性大，开始大口吐血……

从那时起，我对城市失去了好感，总感到堆积的楼群和拥挤的车流中隐藏着无法预知的险恶。我隐约觉得城市不适合自己，但命运又让我无法摆脱城市。后来考入铸锻技术中心学校，一接触机器便心气大畅。它冰凉梆硬，不会说话，也不会在背后打你的黑枪。但它有感情，你对它下的功夫大，它就会对你百依百顺。我也格外喜欢那种大企业的气势，在那种新奇的令人振奋的环境里，我吐血的毛病很快就不治自愈。

当时我还不可能意识得到，以后我小说中的气韵、风格很可能就来自这座现代大型企业，正是这种工业生活养育了我后来的文学筋骨。我如果就此平平稳稳地学技术，在工厂待下去，我的生活也许就会容易和安定得多。偏偏赶上1960年海军要招考一批测绘员，我们的国家以前没有领海权，刚刚确立12海里领海，急需海洋测绘人员。我那时已经拿到了第一个月的工资——41.64元。那感觉恐怕比现在拿到4000元还要兴奋，实在是无意再去当什么兵了。况且还知道自己档案里有黑点儿，何必再一次去揭那块伤疤。可那个时候适龄的青年不报名是不行的，我也就跟着大家一起报了名。随后就是身体检查，政治审核，文化考试……一关关地过下来，在全市几万名应征青年中挑选出了30名合格者，根据考试的成绩排位我竟名列第一。因此负责来招兵的海军上尉让我当了这30名新兵的临时排长。

命运可真会捉弄人,挨批挨斗受处分的疙瘩还在心里堵着,怎么转眼又成了"红色青年",又穿军装又当排长,生活的戏剧性跟闹着玩儿一样。而且我还吐过血,为什么体检没有查出来?我受过处分且家庭出身不好,政审又是怎么通过的?想来想去只能有一种解释:当国家急需的时候,枝节就变得不重要了,一切都要服从急需。谁让你赶上了这一拨儿呢?就像江心的一片树叶,水流的方向就是你的方向,想挡都挡不住。

我在部队里干得也不错,并从1960年冬天开始公开发表散文、故事,为部队文艺演出队编写各种节目,1965年发表第一篇小说。正当我做着升官梦的时候,升官的政审却没有合格,问题还是卡在富农出身上。既有现在,何必当初?此一时,彼一时,当初是国家急需,现在国家不急需了——这个玩笑可开得有些过分。

我心灰意冷,对自己的前途和未来的生活不再抱任何希望,觉得一而再,再而三地被生活所戏弄、所欺骗。于是也就不想再回到大城市的天津,便带着部队发给的复员费和全部证件坐上了西去的列车。想当然地认为凭我的制图技术,到新疆勘测大队当一名测绘员绰绰有余。在兰州倒车的时候,躺在凳子上睡着了,小偷偷走了我装着全部证件和钱的背包,还相中了我脚上的一双新球鞋,已经脱下了一只，在脱第二只的时候我醒了。可想而知，我一只脚光着，一只脚上的鞋带已经松开，是不可能追得上小偷的。最后走投无路，找到了甘肃的"荣复转退军人安置办公室"，他们给海军司令部打电话，经核实确有我这么一号，就给我买了回北京的车票，还找来一双半旧的球鞋让我换上。就这样我狼狈不堪地又回到海军部队，部队重新为我补发了所有证件，怕我再自己去乱找职业，就直接把我送回原来的工厂。

转了一大圈儿又回来了，跟我一起进厂的老同学们，有的当了中层干部，有的当了工段长，在专业技术上我已经不能跟他们比了，工资也比他们低一到两级。而且，他们大都结婚成家，有了孩子，每天一进家门就有人叫好听的。阴差阳错，我把什么都耽误了，只获得了一个带有贬义的称号："大兵"。有人在喊我"大兵"的时候还要在前面加个"傻"字。意思很明确，老大不小了，什么都不是，整个傻到家了！

傻就傻呗，比起那些什么好事都没耽误的精明人，我的阅历丰富，见的世面多，这恰好对创作有帮助。写作本来就是想把自己变成一个与自己不同的人，寻找另一个自我，这需要调动自己的全部生活，当然生活越丰富就越好。古人讲，从来无所羡慕者不作书，无所怨恨者不作书，非亲身经历作书也不能感人。我像着了魔，把所有业余时间都用上了还不够，就经常下班后一干一个通宵。不幸的是"文化大革命"很快开始了，仿佛一夜之间全国的文学期刊都撤销了，有好心的编辑把原来准备发表的我的小说校样都寄给了我，有近十篇之多……这份打击也不轻，它狠狠地掐断了我想在创作上搞出点名堂的念头。再加上我当过厂长的秘书，在"四清工作队"帮过忙，理所当然地被打成"保皇派"和"反革命修正主义黑笔杆子"，在接受了一场万人（当时厂里有一万五千名职工）批判的大会之后，被押到生产第一线监督劳动。由此，我的脑子里也变得单纯了，什么好高骛远的想法都没有了，只剩下一个念头：活着。像其他人一样干活吃饭，接受家里的安排，结婚成家。

这实际上再一次成全了我，从最低一级的工人干起，一干就是十年。后来完全凭借自己的技术实力当上了生产工段长，不久又成了一个拥有1300多名员工的大车间的主任。生存环境稍一改善，文学的神经又痒痒了，1976年在复刊的《人民文学》第一期上发表了短篇小说《机电局长的一天》。不想这篇小说很快就被打成大毒草，在全国批倒批臭，常有造反斗士打上门来，天天折腾得我心慌意乱。而且批判没完没了，还不断升级，我精神乃至生活上的压力越来越大，暗自揣摩自己的命运可能和写作犯顶，只要不放弃手里的笔，命途就会老是多灾多难。于是，我又沉寂下来。渴望，忧虑，写作会遭罪，不写又难受。但总的说，不写的痛苦更大于写的痛苦。此时我得了慢性肠炎。说来也怪，挨批挨斗是神经紧张，神经系统没有出事，处于消化系统下梢的结肠倒出了毛病。

三年后，发表了《乔厂长上任记》。我所生活的城市市委机关报对它连续发表了14块版的批判文章，当时的市委文教书记在全市最大的剧场——第一工人文化宫，动员计划生育和植树造林，却把大部分时间用来批判这篇小说。这自然又闹成了一个事件，工会主席回厂传达的时候说："蒋子龙不光自己种毒草，还干扰破坏全市的植树造林和计划生育……"偏巧在全国短篇小说评选中它又得票最高，这使评委会为难了：是该批判呢，还是该得奖？后来我看到一份《文化简报》，上面摘录了一段胡耀邦对这个小说的评价。我想这可能是那场风波表面上平息下去的原因。

但，第二年的《一个工厂秘书的日记》，又有人对号入座告到了北京。然后是中篇小说《燕赵悲歌》，惹得当时的一位领导当着美国作家的面批评我。那是我到北京参加第二次中美作家会议，其中有项活动是跟美国作家一起到人民大会堂接受领导同志的接见，当这位领导同志跟我握手的时候，就不失时机地指出了《燕赵悲歌》在倾向上的问题……以后还有《收审记》《蛇神》，甚至一篇两三千字的短文也会惹起一场麻烦。到2000年春天，我的长篇小说《人气》在报纸上连载的时候还被腰斩……

粗粗一算，自"文革"结束后的二十多年时间里，有五届市里的领导人物点名批判或批评过我。在我们这样一个体制下，上面五级风，到下面就会变成八级风，可想而知我的滋味了……多亏我命硬，不然也许就真的不能"平安着陆"了。这都怪我笔下的人物往往都处在生活尖锐矛盾的中心，害得我自己也常处于社会上错综复杂的旋涡中心。

但据实以告，就是《机电局长的一天》挨批的时候我是真正紧张过，对以后的诸多"治病救人"之技，已经有了"抗药性"。说一点不生气是假的，说精神上有多大压力也是假的。后来批得我兴起，每当看到报刊上又发表了批我的文章，在下班的路上就买一瓶啤酒、五角钱的火腿肠，当夜必须要拉出一个短篇小说，放几天再改一遍，然后抄清楚寄走。

所以那个时期的东西写得特别多，连续几夜不睡觉是经常的事。自己写得沉重，别人看得也沉重。尽管正处在壮年，长期这样折腾，身体再好也受不了，生活没有规律，肠炎的发作也没有规律，时好时坏，总也不能根除，几十年下来真也把我缠得够呛。到后来，我很自信的腰身和四肢也开始捣乱，具体摸哪儿都不疼，虽不疼可浑身又不舒服；觉得很累，躺到床上并不感到解乏；已经很困了，想睡又睡不香甜。有时还腹胀，胃疼，食欲减退，经查是有胆结石并患上了萎缩性胃炎。据医生讲：这种病只要得上就不能逆转——这可真是黄鼠狼偏咬病鸭子！我的命再硬，招惹上这么多毛病就使生命失去了本该有的活趣，活着没趣，就说明活的方式出了问题。要反省活的方式，就不能不反省自己的创作，我的生活倒霉都倒在了写作上！创作是对生活也是对自身的感悟、况味和内省，是一种刻骨铭心的诉说。所以说作家的作品和生活其实是同样的东西，都是在追求一种生存的意义。创作的重压直逼身心，还要在重压下构建自我，怎能不累？

　　有一天我骑着自行车路过海河沿，看到有几个老头在河里游泳，心生一问：为什么敢下河戏水的都是老年人？一群青年男女倒站在岸上瞧新鲜。我脑袋一热，没脱衣服就跳了下去。河水清凉，四面水波涌动，我却感到非常舒服、安逸，身心好像都被清洗得无比洁净。就在那一刻，如同修禅者开悟一般，我的脑子似乎也开窍了：心是人生最大的战场，无论谁想折腾你，无论折腾得多么厉害，只要你自己的心不动，平静如常，就能守住自己不被伤害。以后海河禁止游泳，我就跟着几个老顽童游进了水上公园的东湖，入冬后又转移到游泳馆，一直就这么游下来了。人的心态一变，世界也随之变了。人原本就是在通向衰老的过程中领悟人生，学会一切。逐渐地我感受到了生命本身的快乐：饿了能吃，困了能睡，累了躺下能觉得浑身舒坦，所谓在医学上不能逆转的萎缩性胃炎竟自己好了，连纠缠了我二十多年的慢性肠炎也有三年没有发作了——我想三年没有犯的病今后恐怕也不会再犯了吧？

在创作上自然也进入一个随意的阶段，已经放下了一切重负，写自己喜欢写的，每天往电脑前一坐成了一种享受。今天写得美了，可以接连痛快两三天。写作变成对生命的营养和愉悦。其实愉悦是写作必须达到的目的，不能给人以愉悦感，又谈何能给人以启迪呢？但，生命的核心——对生活的热情并没有变。有了这份热情就有写不完的东西和读不完的书。文学的全部奥秘说穿了无非就是求真，生活的真实和心灵的真实相契合，于是就产生了有价值的美，也叫艺术感染力。随着年龄越大，就越能更深刻地感受人生的丰富。

六十岁以后的最大感觉就是心里的空间大了。心里空间一大，精神就舒展强健，更容易和人相处，和生活相处。空间是一种境界，许多不切实际的渴望没有了，心自然也就能静得下来。看看周围的青年人，为了挣钱，为了职位，不遗余力地打拼，真是同情他们。即使有奇迹发生能让我再倒回去，我也不干了！

——竟然会说出这样的话，也许这就是老糊涂的表现。赶紧打住！

童年的色彩

童年是生命中的黄金。在人的记忆里童年总是有天堂般的色彩,因此成了一生中的梦。

成年后能实现童年梦想的人是幸福的。我没有那么幸运,因而童年时期的生活至今还时常霸占着我的梦境。

我在农村生活了十二年,在城市生活了四个十二年。只有第一个十二年始终是我内心深处的一块净地,一角绿洲,一片蓝天白云。我常常身不由己要躲进去,如果能不出来,愿牺牲现有的一切为代价。

然而,我又不敢轻易回故乡,生怕破坏了记忆中的童年的色彩:满眼生机勃勃的翠绿,无边无际的成熟的金黄,泼天大雨后的滔天大水……

那绿色具有神奇的诱惑力,具有侵略性。每当我钻进庄稼地,都会感到自己是那样的弱小和孤单。地垄很长,好像比赤道还长,老也看不到头。我不断地鼓励自己,再直一次腰就到头了。但，腰直过十次了，还没有到头。庄稼叶子在身上脸上划出许多印子，汗水黏住了飞虫，又搅和着蜘蛛网，弄得浑身黏糊糊、紧绷绷。就盼着快点干完活，跳进大水坑里洗个痛快……

秋后，遍地金黄，金黄的后面是干枯的白色，这时候的绿色就变得格外珍贵了。我背着筐，提着镰刀，满洼里寻找绿色——在长得非常好的豆子地里兴许还保留着一些绿色。因为豆子长高以后就不能再锄草了，好的黑豆能长到一人高，枝叶繁茂，如棚如盖。豆子变黄了，在它遮盖下的草却还是绿的，鲜嫩而干净。

秋后的嫩草，正是牲口最爱吃的。在豆子地里打草，却是最苦最累的，要在豆子下半蹲半爬地寻找，找到后跪着割掉或拔下。嫩草塞满了，爬到地外边放进筐里，然后又一头钻进汪洋大海般的豆子地。我只要找到好草，就会不顾命地割满自己的筐。这是因为我自小就对庄稼地有着一份难以言说的特殊感情。我出生不久就赶上闹鬼子，村里人天天东躲西逃。由于母亲的奶水不足，在逃反的时候我经常哭闹，这成了全家乃至乡亲们的拖累，家里人不得不把我丢弃在庄稼地里，听天由命。多亏大姐，跑出去半里多地还能听见我的哭声，心里不忍，就冒着自己被打死的危险，又折回来把我捡回去……

当我弯着腰，背着像草垛般的一筐嫩草，迎着辉煌的落日进村时，心里满足而又骄傲。乡亲们惊奇，羡慕，纷纷问我嫩草是从哪儿打来的，还有的会夸我"干活欺！"（沧州话就是不要命的意思）我不怎么搭腔，像个凯旋的英雄一样走进家门，通常都能得到母亲的奖励。这奖励一般分两种，一种是允许我拿个玉米饼子用菜刀切开，抹上香油，再撒上细盐末。如果她老人家更高兴，还会给我二分钱，带上饼子到街里去喝豆腐脑。现在想起那玉米饼子泡热豆腐脑，还馋得不行。

倘若赶上发大水，地里的水半人深，大道成了河。大人把半熟的或已经成熟的玉米棒、高粱头和谷子穗等所有能抢到手的粮食，掰下来放进大筐箩。我在筐箩上拴根绳子，将绳子的另一端系在自己腰上，浮着水一趟趟把粮食运回家。

童年的色彩就是这般丰富。它营养了我的生命。年龄越大，对它的感觉就越深刻。

河的经典

历史是在河边长大的，是水养育了人类文明。现在人们喜欢谈梦，而梦的源头是童年的快乐，童年的快乐又多半与水有关。倘若生命中有一条河能陪伴终生，那便是人生一大幸运。至今我如果做了一个让自己能笑醒的梦，一定与家乡有关。但凡梦到家乡就少不了运河。

运河——是水的经典。

南运河的主要河段在沧州境内，有关它的各种神奇的传说与现实，强烈占据着我童年的记忆。比如凡是沧州人都知道，离运河近的村庄就富，离运河远的地方就相对要贫穷一些。运河边的地肥沃，庄稼长得水灵、饱满，萝卜又脆又甜，掉在地上摔八瓣儿。西瓜就更别提了，个头大，脆沙瓤像灌了蜜。有一回趁着下小雨，我跟着大一点的孩子过河偷瓜，那时乡间有句话："青瓜绿枣，吃了就跑。"好像摘枣吃瓜不算偷。本事大的孩子，一次可以摘两三个，每个都带一截瓜秧,到河里一只手抓着瓜秧,一只手划水,西瓜浮在水面上像救生圈。

我的水性没有他们好,只能拉着一个瓜过河,还不敢摘太大的。那次恰巧被看瓜人发现了,奇怪的是他只大声吆喝,并不追赶,他要真下河抢回那些西瓜是很容易的,却只站在河岸上看着我们,一直看我们抱着瓜爬上了对岸,他才回瓜窝棚。比我大几岁的堂哥说,人家是怕一追咱们,咱们一害怕就呛水、出事,河边的人厚道。自那天起,我们就再没有过河偷过瓜。

百姓都把运河叫作"御河"。相传明朝第九代皇帝朱祐樘,派人到沧州选美,闹得鸡飞狗跳。一个长着满头癞疮的傻丫头骑着墙头看热闹,顺手还把惊飞了的花公鸡揽在怀里,这时恰恰被选美的钦差一眼搭上,认为她就是"踏破铁鞋无觅处"的"骑龙抱凤"的贵人。傻丫头进宫前总要洗洗头,打扮一番,便提来"御河"水,从头到脚洗了个痛快,不想几天后满头癞疮竟不治而愈,长出浓密的黑发。"御河"里流淌的自然不是凡水,否则运河两岸就不会有那么多名闻天下的好东西:青县大白菜、沙窝萝卜、小站稻米(引运河水浇灌)、泊镇鸭梨、金丝小枣等等,一方繁荣,跟水土好坏有很大的关系。

还有一句老话:"一方水土养一方人。"运河边上的人厚道仗义、见多识广，素有"燕赵之地多慷慨悲歌之士"的称誉，这里有荆轲的遗风，有林冲的庙宇，绿林好汉、侠客武师常云集此地，留下一代代尚武的风俗。击败沙俄大力士、受康熙嘉奖的丁发祥，宣统的武术教官、八极拳师霍殿阁，大枪一抖能点落窗纸上的苍蝇而窗纸无损的神枪李树文，张学良的武术教练、燕青拳拳师李雨三，双刀李凤岗，大刀王五，神弹子李五，饮誉中外的"神力千斤王"、多次打败美英俄法的所谓"万国竞武场"上的王牌武士王子平……他们都是运河边上的沧州人。过去有"镖不喊沧州"一说，不论何方来的镖车镖船，不论货主是富户豪门，还是势力浩大的官家，路过沧州必须卷起镖旗，不得显武逞强。我曾见过一个统计数字，当今的沧州一带还有百分之七十四的农民习武，城里人口二十万，习武的倒有四万多，有十七个武术社、六十多个拳房。人称"沧州十虎"的通臂拳拳师韩俊元父子，全家二十四口，个个习武。老三、老八是连续三届的全国武术比赛的金牌得主，真可谓："武健泱泱乎有表海雄风！"

这就像运河的另一副面孔一样，赶上涝年发大水，运河似突然增宽好几倍，水流浑浊，高出地面一丈多，恶浪排空，吼声震天，像一头脱缰的红眼莽牛。人们在堤岸上搭起帐篷，日夜守护着变得像皇帝老子一样暴躁、瞬间就会决口翻脸不认人的"御河"。如果有谁看见一条水蛇或一只乌龟,立刻大呼小叫,敲锣报警,大家一齐冲着水蛇、乌龟烧香磕头。水蛇自然就是"小白龙",可以率领着惊涛恶浪淹没任何一个对它孝敬不周的地方。至于乌龟吗,据说它的头指向哪里,哪里就会决口。而河堤决口以后非得请来王八精才能堵上。当时我还小,不懂得替大人分忧,只觉得热闹、好看,看护河堤比过年、比春天赶庙会还有劲儿。特别是到了晚上,河两岸马灯点点,如银河落地,很像刘备的七百里连营大寨,田野一片安静,间或有蛐蛐、虫子之类的小东西们唧唧啾啾一阵。唯有那瘆人的涛声,一传十几里,令人毛骨悚然。每"哗啦"一声,人们就把心提到了嗓子眼儿,我依偎在那些心宽胆壮的汉子们身边,听他们讲那神魔鬼怪的故事,更增添了防汛夜晚的恐怖气氛。

我当然还是最喜欢春秋季节的运河,恬静、温柔,特别是傍晚,在西天一片火烧云的映照中,或坐在岸边的石墩子上,或爬到河边的大树杈子上,看着运河里的船队来来往往。顺风顺水时一排排白帆,仿佛是运河的翅膀,带着整条清水飞了起来。也有逆水行舟的,一排排纤夫弯腰弓步,肩上扛着同一根大绳,嘴里哼着号子,竟也将船拉得飞快……在津浦铁路修筑以前,大运河是沟通我国南北的大动脉,而南运河是贯穿河北省的主要航道,流域近五千平方公里,不仅养育着沧州市周围的众多百姓,每年还向天津市提供优质水十亿立方米以上,运货百万吨之多。那时我还没有见过黄河、长江,"御河"就是心目中最壮观的河。

运河陪伴着我长大,我陪着运河变老——我曾经以为千年运河是永远不会老的。1955年我考到天津上中学,但一放寒暑假就回到家乡,有时贪玩,到了开学的日子却没有赶上最方便的火车"沧州短",只好沿着运河岸边遮天蔽日的大树林向北走一站路,到兴剂镇乘快车。1958年"大跃进"之后,运河两岸的森林被砍光了,大运河赤裸裸摊晒在华北平原上,我站在天津西站的站台上仿佛能看到沧州。1963年,中国开始了一场"根治海河"的运动,人们一心想驯服洪水,根治涝灾,唯独没有想到千百年来有涝有旱、涝略多于旱的情况,竟从此变得只旱不涝。"根治"后的第三年,即1965年夏天,南运河干涸。真是"立竿见影",修挖了许多朝代、流淌了一千多年的滔滔大运河,这么快就滴水皆无。有些河段很快就长草、种庄稼,甚至跑拖拉机。

连"曾经看百战,唯有一狻猊"的沧州铁狮子,都感到奇怪,沧州城外那一大片摇曳的芦苇地也可以见证,这里曾是老黄河的故道,洪荒遍野,古漠苍凉,每逢洪水涌来，一片汪洋，沧州历来多涝，何曾缺过水？一千多年以前之所以要建造这尊铁狮，就是为了镇住对沧州百姓危害极深的洪水海潮，所以又名"震海吼"！它"吼"了千余年，大海是不是被"震"住了不得而知，怎么把运河的水倒给"吼"没了呢？人们倒真希望铁狮冲着龙王振鬣长吼，请它来为南运河注满清水，或者也应该对着现代文明大吼……

运河是生命之水，是兴旺之河，人们要想活得好，生活发达，就不能让运河这么死去。近几年来开始一段段地修复、蓄水，但目前还只是一种景观，用来改善周围环境，提供观赏，提供回忆或者怀念，或许还有思考和警醒——这就是运河为什么称"大运河"！它绝不同于一般河流，它是独一无二的，是历史的一部分，是文化的象征，运河不能干涸。虽然它辉煌不再，大难不死之后也确实显出老态，但老成了经典，就像有些老书、老物、老人一样。半个多世纪以来，兴师动众在全国搞了多少浩大的水利工程，将来有几个能像运河这样成为水的经典呢？

无论南运河现在的状态以及未来的命运如何，它都以最美好的姿态永远流淌在我的记忆里，也永远滋养着我对家乡的情感。我现在居住的地方离运河的距离，跟老家距运河远近差不多，可以说我大半生都没有离开运河。离运河近，就是离家乡近，无论什么时候只要一提起运河，就千般感念，万般祝福！

记忆里的光

现在的人可能无法想象,我长到八岁才第一次见到火车。那是一种触目惊心、铭记终生的感受。1949年初冬,我由跟着父亲认字,正式走进学校,在班上算年龄小的,大同学有十三四岁的。一位见多识广的大同学,炫耀他见过火车的经历,说火车是世界上最神奇、最巨大的怪物,特别是在夜晚,头顶放射着万丈光芒,喘气像打雷,如天神下界,轰轰隆隆,地动山摇,令人胆战心惊。当时包括我在内的许多同学,都萌生了夜晚去看火车的念头。

一天晚上,真要付诸行动了,却只集合起我和三个大点的同学。离我们村最近的火车站叫姚官屯,十来里地现在看来简直不算路,在当时对我这个从未去过"大地方"的孩子来说,却像天边儿一样远。最恐怖的是要穿过村西一大片浓密的森林,那就是我童年的原始森林,里面长满奇形怪状的参天大树。森林中间还有一片凶恶的坟场,曾经听大人们讲过的所有鬼故事，几乎都发生在那里面，即便大白天我一个人也不敢从里面穿过。进了林子以后我们都不敢出声了，我怕被落下不得不一路小跑，我跑他们也跑，越跑就越瘆得慌，只觉得每根头发梢都竖了起来。当时天气已经很凉了，跑出林子后却浑身都湿透了。

好不容易奔到铁道边上，强烈的兴奋和好奇立刻赶跑了心里的恐惧，我们迫不及待地将耳朵贴在道轨上。大同学说有火车过来会先从道轨上听到。我屏住气听了好半天，却什么动静也听不到，甚至连虫子的叫声都没有，四野漆黑而安静。一只耳朵被铁轨冰得太疼了，就换另一只耳朵贴上去，生怕错过火车开过来的讯息。铁轨上终于有了动静，嘎噔嘎噔……由轻到重，由弱到强，响声越来越大，直到半个脸都感觉到了它的震动，领头的同学一声吆喝，我们都跑到路基下面去等着。

渐渐看到从远处投射过来一股强大的光束，穿透了无边无际的黑暗，向我们扫过来。光束越来越刺眼，轰隆声也越来越震耳，从黑暗中冲出一个通亮的庞然大物，喷吐着白气，呼啸着逼过来。我赶紧捂紧耳朵睁大双眼，猛然间看到在火车头的上端，就像脑门的部位，挂着一个光芒闪烁的图标：一把镰刀和一个大锤头。

领头的同学却大声说是镰刀斧头。

我觉得那明明是镰刀锤头，斧头是带刃的。且不管它是锤是斧，那把镰刀让我感到亲近，特别的高兴。农村的孩子从会走路就得学着使用镰刀，一把磨得飞快、使着顺手的好镰，那可是宝贝。火车头上居然还顶着镰刀锤头的图标，让我感到很特别，仿佛这火车跟家乡、跟我有了点关联，或者预示着还会有别的我不懂的事情将要发生……那时候的火车不像现在这么多，要等好一阵才会再过一列。我们又将耳朵贴在铁轨上，盼着多感受火车的声势和光芒、再仔细看看火车头上的镰刀锤头。

十年后，我国向世界发布，沿海 12 海里范围内为中国领海。转过年，经过比检查身体更为严格的文化考试，我以第一名的成绩入伍，进入海军制图学校，毕业后成为海军制图员。接受的第一批任务就是绘制中国领海图，并由此结识了负责海洋测量的贾队长。刚当兵的时候，在接受新军装的同时我还领到一个印有海军军徽的蓝色挎包，很漂亮，平时几乎用不着，实际也舍不得用。而贾队长却有个破旧的土灰色挎包，缝了又缝，补了又补，唯一醒目的是用红线绣着镰刀锤头的图案。

我猜测这个挎包一定有故事，有不同寻常的来历。既然已经站在了军旗下，我自然也希望有一天能站在镰刀锤头下，对这个图案有一种特殊的亲近和敬意。于是就想用自己的新挎包跟他换。不料贾队长断然拒绝，他说别的东西都可以给我，唯独这个挎包，对他有特殊的纪念意义，目前还有很重要的用途，绝不能送人。有一次他在测量一个荒岛时遇上了大风暴，在没有淡水没有干粮的情况下硬是坚持了十三天，另外的两个测绘兵却都牺牲了。他用绳子把自己连同图纸资料和测量仪器牢牢地捆在礁石上，接雨水喝，抓住一切被海浪打到身边的活物充饥……后来一位老首长把这个挎包奖给了他。

　　贾队长知道我老家是沧州，答应在我回老家探亲的时候可以将这个挎包借给我，但回队的时候必须带来一挎包沧州的土和当地的菜籽、瓜子或粮食种子。原来他每次出海测量都要带一挎包土和各样的种子，有些岛礁最缺的就是泥土。黄海最外边有个黑熊礁，礁上只驻扎着三个战士，一个雷达兵，一个气象兵，一个潮汐兵，他们就是用贾队长带去的土和种子养活了一棵西瓜苗，像心肝宝贝般地呵护到秋后，果真还结了个小西瓜，三个人却说什么也舍不得吃……没有到过荒岛、没有日夜远离祖国的人，是无法想象他们的感受的。用祖国的土和种子，亲手培育出一棵绿色生命，那份欣喜、那份珍贵，无与伦比，怎舍得吃掉？我根据这个故事写了篇散文发在当年的《人民海军报》上，那是我的文字第一次被印成铅字。

又过了几年,我复员回到工厂。"文革"开始后由厂长秘书下放到车间劳动改造,分配我干锻工。锻工就是打铁,过去叫"铁匠"。虽然大锤换成了水压机和蒸汽锤,但往产品上打钢号、印序号,还都要靠人来抡大锤。凡锻工没有不会抡大锤的,我是下来被监督劳动的,这种体力活自然干得最多。不想我很快就喜欢上了打铁,越干越有味道,一干就是十年。在锻钢打铁的同时,也锻造了自己,改变了人生,甚至成全了我的文学创作。我成了民间所说的"全科人":少年时代拿镰刀,青年当兵,中年以后握大锤。对镰刀锤头有了一种说不出的特殊感情。

当年我为部队文艺宣传队编节目,写过两句话当时颇为得意,至今不忘:"生做镰刀锤头铁,死做旗上一点红。"现在想起这一切,心里还有股温暖。

走上文学的小路

在我青年时喜欢的歌曲里有一句歌词："一条小路弯弯曲曲细又长。"命运和文学结合在一起，路就会变得愈加崎岖和坎坷。这第一步是怎么开始的呢？是因为幸运，还是由于灾难？是出于必然，还是纯属偶然？是先天的，还是后天的？我有许多说不清的问题，其中一个就是为什么和文学结下了不解之缘。

也许这路从少年时代就开始了？当时我可实在没有意识到。

豆店村距离沧州城只不过十多里路，在我幼年的心里却好像很遥远。我的"星期天"和"节假日"就是跟着大人到十里八里外去赶一次集，那就如同进城一般。据说城里是天天赶集的。我看得最早和最多的"文艺节目"，就是村里那些"能人"讲的神鬼妖怪的故事，他们讲得活灵活现，阴森可怖，仿佛鬼怪无时不在，无处不有。晚上听完鬼故事，连撒尿都不敢出门。那些有一肚子故事的人，格外受到人们的尊敬，到哪家去串门都不会没有人敬烟敬茶。

记得有一次为了看看火车是什么样子，我跑了七八里路来到铁道边，看着这比故事中能盘山绕岭的蛇精更为神奇的铁蟒，在眼前隆隆驰过，真是大开眼界，在铁道边上流连忘返。以后又听说夜里看火车更为壮观，火车头前面的探照灯比妖精的眼睛还要亮。于是在一天晚上我又跑到了铁道边，当好奇心得到了满足，美美地饱了眼福之后想起要回家了，心里才觉得一阵阵发毛，身上的每一个汗毛孔都炸开来，身后似有魔鬼在追赶，且又不敢回头瞧一瞧。

道路两旁的庄稼地里发出"沙沙"的响声，更不知是鬼是仙。当走到村西那一大片松树林子跟前，就更觉毛骨悚然。我的村上种种关于神狐鬼怪的传说都是在那个松树林子里进行的，树林中间有一片可怕的、大小不等的坟地。我的头皮发麻，脑盖似乎都要掀开了，低下头，抱住脑袋，一路跌跌撞撞冲出松树林，回到家里浑身透湿。待恢复了胆气之后，却又觉得惊险而新奇。第二天和小伙伴打赌，为了赢得一只"虎皮鸟"，半夜我把他们家的一根筷子插到松树林中最大的一个坟头上。

长到十来岁，又迷上了戏——大戏（京剧）和家乡戏（河北梆子）。每到过年和三月庙会就跟在剧团后边转，很多戏词儿都能背下来。今天《三气周瑜》里的周瑜吐血时，把早就含在嘴里的红纸团吐了五尺远，明天吐了一丈远，我都能看得出来，演员的一招一式都记得烂熟，百看不厌。

这也许就是我从小受到的文学熏陶。

上到小学四年级，我居然顶替讲故事的，成了"念故事的人"。每到晚上，二婶家三间大北房里，炕上炕下全挤满了热心的听众，一盏油灯放在窗台上，我不习惯坐着，就趴在炕上大声念起来。因为我能"识文断字"，是主角儿，姿势不管多么不雅，乡亲们也都可以原谅。《三国》《水浒》《七侠五义》《三侠剑》《大八义》《济公传》等等，无论谁找到一本什么书，都贡献到这个书场上来。有时读完了《三侠剑》第十七，找不到十八，却找来了一本二十三，那就读二十三，从十八到二十二就跳过去了。读着读着出现了不认识的生字，我刚一打怔神儿，听众们就着急了："意思懂了，隔过去，快往下念。"直到我的眼皮实在睁不开了，舌头打不过弯来了，二婶赏给的那一碗红枣茶也喝光了，才能散场。

由于我这种特殊的身份，各家的"闲书"都往我手里送，我也可以先睹为快。书的确看了不少，而且看书成瘾，放羊让羊吃了庄稼，下洼割草一直挨到快吃饭的时候，万不得已胡乱割上几把，蓬蓬松松支在筐底上回家交差。

这算不算接触了文学呢？那些"闲书"中的故事和人物的确使我入迷，但是对我学习语文似乎并无帮助，我更喜欢做"鸡兔同笼"的算术题，考算术想拿一百分很容易，而语文，尤其是作文的成绩总是平平。

上中学的时候我来到了天津市，这是一个陌生的、并不为我所喜欢的世界，尽管我的学习成绩在班里决不会低于前两名，而且考第一的时候多，却仍然被天津市的一些学生瞧不起。他们嘲笑我的衣服，嘲笑我说话时的土腔土调，好像由我当班主席是他们的耻辱。我在前面喊口令，他们在下面起哄。我受过各样的侮辱，后来实在忍无可忍，拼死命打过架，胸中的恶气总算吐出来了。我似乎朦朦胧胧认识到人生的复杂，要想站得直，喘气顺畅，就得争，就得斗，除暴才能安良。

1957年底，班干部要列席右派的批判会。有一天我带着班里的四个干部参加教导处孟主任的批判会，她一直是给我们讲大课的，诸如《红楼梦》《聊斋》等，前天还在讲课今天就成了右派，散会后我对班里的学习委员嘟囔："孟主任够倒霉的。"学习委员平时一直对我当班主席不服气，其实我是因入学考试成绩最高才被任命为班主席，他竟然到学校运动办公室告了我一状。孟主任有一条"罪行"就是向学生宣扬"一本书主义"，学习委员的小报告让"运动办"的人找到了"被毒害最深的典型"。于是全校学生骨干开大会批判我，美其名叫给我"会诊"。批着批着就把我去市图书馆借阅《子夜》《家》《春》《秋》《红与黑》《复活》等等图书都说成是罪过。令我大吃一惊的是被我当成好朋友的同学竟然借口看我的借书证，而且还问我有什么读后感，我毫不警觉，心里有什么就说什么，他却全记在小本子上，去向老师汇报。断断续续批了我几个月，全校就只揪出我这么一个"小右派"，一下子臭名昭著，连别的中学也知道了我的名字。

幸好中央有规定，中学生不打右派，他们将我的错误归纳为："受名利思想影响很深，想当作家。"根据"想当作家"这一条再加以演绎，在会上就出现了这样的批判词："……也不拿镜子照照自己，还想当作家！我们班四十个同学如果将来都成为作家，他当然也就是作家了；如果只能出三十九个作家，也不会有他的份！"

最后学校撤掉我的班主席职务，并给我一个严重警告处分。

处分和批判可以忍受，侮辱和嘲笑使我受不了，我真实的志愿是想报考拖拉机制造学校，十四门功课我有十三门是五分，唯有写作是四分。我仍然没有改掉老毛病：喜欢看小说。他们把"想当作家"这顶不属于我的帽子扣到我头上，然后对我加以讽刺和挖苦。一口恶气出不来，我开始吐血，没有任何症候的吐血，大口吐过之后，就改为经常的痰里带血。害怕影响毕业分配，不敢去医院检查，不敢告诉家里，更不敢让同学们知道而弹冠相庆。一个人躲到铁道外边的林场深处，偷偷地写稿子，一天一篇，两天一篇，不断地投给报社和杂志，希望能登出一篇，为自己争口气，也好气一气他们：你们不是说我想当作家吗？我就是要当出个样子来叫你们看！但是所有的投稿都失败了。事实证明自己的确不是当作家的材料，而且还深深地悟出了一个"道理"：不管什么书都不要轻易批判，你说他写得不好，你恐怕连比他更差的书也写不出来。

  对文学的第一次冲击惨败之后，加上背着处分，出身又不好，我没有继续升学，而是考进了铸锻中心技术学校，后来分配进了天津重型机器厂，是国家的重点企业。厂长冯文彬是大名鼎鼎的人物，在《新名词词典》伟人栏里有他的照片和一整页的说明。工厂的规模宏伟巨大，条件是现代化的，比我参观过的拖拉机制造学校强一百倍。真是歪打正着，我如鱼得水，一头扎进了技术里。想不到我这个从农村出来的孩子对机器设备和操作技术有着特殊的兴趣和敏感，两年以后就当上了生产组长。

  师父断言我手巧心灵将来一定能成为一个大工匠（就

是八级工），但是必须克服爱看闲书、爱看戏的毛病。一个学徒工竟花两元钱买票去看梅兰芳，太不应该。我热爱自己的专业，并很高兴为它干一辈子，从不再想写作的事，心里的伤口也在渐渐愈合，吐血的现象早就止住了，到工厂医院照相只得了四个字的结论：左肺钙化。但也留下一个毛病：生活中不能没有小说，每天回到宿舍不管多晚多累，也要看上一会儿书。

正当我意气风发，在工厂干得十分带劲的时候，海军来天津招兵，凡适龄者必须报名并参加文化考试。我出身不好，还受过处分，左肺有钙点，肯定是陪着走过场，考试的时候也很轻松。不想我竟考了个全市第一，招兵的海军上校季参谋对工厂武装部长说："这个蒋子龙无论什么出身，富农也好，地主也好，反动资本家也好，我都要定了。"以后很长时间我才想明白，要说我在全校考第一不算新鲜，在全市考第一连我自己都觉有点奇怪，我并没有想考多好，很大的可能是有些城市孩子不想当兵，故意考坏。我已经拿工资了，对家境十分困难的我来说这四十来元钱非常重要，可以养活三四口人，而当兵后只有六块钱津贴。还要丢掉自己喜欢的刚学成的专业，真是太可惜了。

没想到进了部队又继续上学，是海军制图学校。这时候才知道，1958年炮轰金门，世界震惊，我们宣称其他国家不得干涉我国的内政，可我们的12海里领海在哪儿？因此从京津沪招一批中学生或中专毕业生学习测绘，毕业后绘制领海图。在这之前我确实不想当兵，可阴差阳错已经穿上了军装，想不干也不行了，就不如塌下心来好好干。渐渐我的眼界大开，一下子看到了整个世界。世界的地理概况是什么样子，各个国家主要港口的情况我都了解，我甚至亲手描绘过这些港口。

我从农村到城市，由城市进工厂，从工厂到部队，经过三级跳把工农兵全干过来了。

当时部队上正时兴成立文艺宣传队，月月有晚会。我是班长，不错又当了班长，同样也是因为学习成绩好。为了自己班的荣誉，每到月底不得不编几个小节目以应付晚会。演过两回，领导可能是从矬子里选将军，居然认为我还能"写两下子"，叫我为大队的宣传队编节目。小话剧、相声、快板、歌词等等，无所不写。有时打下了敌人的U2高空侦察机，为了给部队庆贺，在一两天的时间里就得要凑出一台节目。以后想起来，给宣传队写节目，对我来说等于是文学练兵。写节目必须要了解观众的情绪，节目要通俗易懂，明快上口，还要能感染人，而且十八般兵器哪一样都得会一点。这锻炼了我的语言表达能力，逼着我必须去寻求新的打动人心的艺术效果，节目才能成功。

文艺宣传队的成功给了我巨大的启示。元帅、将军们的接见，部队领导的表扬，观众热烈的掌声，演员一次次返场、一次次谢幕，这一切都使我得意，使我陶醉，但并未使我震动，并未改变我对文艺的根本看法。我把编排文艺节目当成临时差使，本行还是制图。就像进工厂以后爱上了机器行业就再也不想当作家一样，我把制图当成了自己的根本大业，搞宣传队不过是玩玩闹闹。而且调我去搞宣传队，部队领导的意见就不一致，负责政工的政委点名要调，负责业务的大队长则反对，因为我还负责一个组（班）的制图。我所在部队是个业务单位，当时正值全军大练兵、大比武，技术好是相当吃香的。我在业务上当然是顶得起来的，而且已升任代组长（组相当于步兵的排一级单位），负责全组的业务工作。如果长期不务正业，得罪了握有实权的业务领导，就会影响自己的提升。

业务单位的宣传队是一个毁人的单位，获虚名而得实祸，管你的不爱你，爱你的管不着你，入党提干全没有份。但是，有一次给农村演出，当进行到"诗表演"的时候，有的社员忽然哭了出来，紧跟着台上台下一片唏嘘之声。这个贫穷落后的小村子，几经苦难，每个人有不同的遭遇，不同的感受，诗中人物的命运勾起他们的辛酸，借着演员的诗情把自己的委屈哭出来了。

社员的哭声使我心里发生了一阵阵战栗,使我想起了十多年前我趴在小油灯底下磕磕巴巴地读那些闲书,而乡亲们听得还是那样有滋有味。我对文学的看法突然间改变了。文学本是人民创造的,他们要怒、要笑、要唱、要记载,于是产生了诗、歌和文学,现在高度发展的文学不应该忽略了人民,而应该把文学再还给人民。文学是人民的心声,人民是文学的灵魂。作家胸中郁积的愤懑,一旦和人民的悲苦搅在一起,便会产生震撼人心的力量。人民的悲欢滋补了文学的血肉,人民的鲜血强壮了文学的筋骨。

文艺不是玩玩闹闹,文学也决不是名利思想的产物。把写作当成追名逐利,以为只有想当作家才去写作,都是可怕的无知和偏见。所以,过去我为了给自己争口气而投稿,以至于失败,也是理所当然的。因为我肩上没有责任,对人民没有责任,对文学也不负有责任,抱着试一试的态度,一试不行就拉倒。文学不喜欢浅尝辄止,不喜欢轻浮油滑,不喜欢哗众取宠。写作是和人的灵魂打交道,是件异常严肃而又负有特殊责任的工作。人的灵魂是不能憋死的,同样需要呼吸,文学就是灵魂的气管。

我心里涌出一种圣洁的感情,当夜无法入睡,写了一篇散文。第二天寄给《光明日报》,很快就发表了。然后就写起来了,小说、散文、故事、通讯什么都干,这些东西陆陆续续在部队报纸和地方报纸上发表了。

我为此付出了代价，放弃了绘图的专长，断送了自己的前程，但我并不后悔，我认识了文学，文学似乎也认识了我。带着一百九十元的复员费，利用回厂报到前的休息时间，只身跑到新疆、青海、甘肃游历了一番。我渴望亲眼看看祖国的河山，看看各种面目的同胞。直到在西宁车站把钱粮丢了个精光，才心满意足地狼狈而归，回到原来的工厂重操旧业。

1966年，各文学期刊的编辑部纷纷关门，我有五篇打出清样的小说和文章被退回来了。我由于对文艺宣传队怀有特殊的感情，便又去领导工厂的文艺宣传队，以寄托我对文学的怀念，过一过写作的"瘾"。1972年，《天津文艺》创刊，我东山再起，发表了小说《三个起重工》。

我相信文学的路有一千条，一人走一个样儿。我舍不得丢掉文学，也舍不得丢掉自己的专业，每经过一次磨难就把我逼得更靠近文学。文学对人的魅力，并不是作家的头衔，而是创造的本身，是执着的求索，是痛苦的研磨。按着别人的脚印走不出自己的文学创作的路，自己的路要自己去闯，去踩。

这个过程也可以说是人生被文学绑架。

回顾大半生，文学害过我，也帮过我。人与文的关系是一种宿命。

编这本书,就想自我解释这种宿命。

这就要进行"创作揭谜"。即使创作不能成"谜",每个人却都是一个谜,在降生时完全不知道将走一条怎样的人生之路。一部作品的诞生,跟一个孩子的诞生差不多,当时是怎样写出来的,当时的人生经历、思想情感及创作主张等等,全收在这本书里了。

修订这部书稿,其实是梳理自己的创作脉络,回望文学之路上的脚步。

此生让我付出心血和精力最多的,就是建构了属于自己的"文学家族",里面有各色人物,林林总总。他们的风貌、灵魂、故事……一齐涌到我眼前,勾起许多回忆。有的令我欣慰,有的曾给我惹过大麻烦。如今回望时竟都让我感到了一种"亲情",不仅不后悔,甚至庆幸当初创造了它们。

我的"文学家族"由两部分构成,一部分是虚拟的,这就是小说;另一部分是现实的,那便是散文。小说靠的是想象力和灵魂的自由,而散文靠的是情绪的真诚和思想的锋芒,这类文字却对生活、对自己具有一种更直接的真实意义,从中可清晰地看出我思想脉络的走向。

这本书所收录的,是几十年来我在各种情况下袒露自己心境的积累。也许写得太坦诚了,没有修饰,如同写日记,如同对朋友谈心。

创作以丰饶为美。而写这类文章,沉重容易,轻盈难得。我自忖,到60岁前后,才找到了些许"轻盈"的感觉。

人的一生都在尽力发现并了解自己的"偶然局限"和"必然局限"。对一个作家来说更是如此,这也是"自述"类的文字所存在的意义。

第一篇小说

《北京青年报》的编辑给我出了上面这个题目,有点意思,人活一世该有多少个"第一"?第一次学走路,第一次学说话,第一次坐进课堂,第一次走进工厂,第一次扣动扳机,第一次拿起笔……有了第一,才有第一百,第一万;有了尝试,才有成功和失败。不论成功和失败,"第一"还是值得珍惜的。因此我不会忘记自己的第一篇小说,不论它多么幼稚可笑,抑或多么单纯可爱,它毕竟是我小说创作的开端。

1960年代初,我在海军里当制图员。部队上的大练兵、大比武搞得热火朝天,士气昂扬。有两件事格外引起人们的关注,一件是帝国主义不断侵犯我们的领空和领海,我国政府一次又一次地向敌人提出严正警告;另一件事是敌人经常向我们祖国大陆上空派遣高空侦察机。这两件事都和我们海军有关,我们比别人更加焦急和愤怒。陆军老大哥打下了敌人的 U2 高空侦察机，空军兄弟打下了敌人的无人驾驶高空侦察机。陆海空，海军身为老二，却掉在了最后面。

　　机会终于来了。夏天的一个午后，某基地接到了情报，敌人的无人驾驶高空侦察机要来骚扰。但是，天不作美，空气潮漉漉，天空乌沉沉，眼看一场暴风雨就要来临。而雷电交加又会影响我们战斗机的起飞和空战。司令员叫设立在海岛上的一个海军气象站提供准确的气象预报。这个气象站是连续三年的"四好单位"，平时预报气象很准确，不想这时候中尉站长有些慌神了。他已经测出了准确的数字，两个小时之内不会下雨，可他不敢相信自己，不敢向司令员报告。关系重大呀！如果说没有雨，飞机起飞后下起雷雨来了，出了事故谁负得起责任？倘若说有雨，飞机不起飞，错过战机，那责任就更大。时间一分一分地溜过去，两个小时，一个小时，还剩下最后半个小时了，司令员急了："你能不能保证在半小时之内不下雨？"气象站长仍不敢保证。还剩下最后十分钟了，越到最后越紧张，敌机马上就要来了，天也阴得更沉了，雷雨似乎立刻就会泼下来，中尉站长连说话的力气都吓没了。司令员当机立断撤掉了他的职务，怒不可遏地自己下令起飞。真正交上手，从开炮到敌机坠毁还没用十秒钟。

这件事给我的震动极大,那个站长只讲花架子,平时千好万好,临到战时却耽误大事,练兵的目的应该为实战。我突然涌起一股冲动,想写点东西。在这以前我只发表过散文和通讯,写的都是真人真事。这件事牵涉许多保密的东西,不能直截了当地表现事情的内幕。于是,我决定写小说。小说可以概括集中,以假当真,以真当假,只要虚构得像真的一样就行。一打算写小说,我认识的其他一些性格突出的人物也全在我脑子里活起来了,仿佛是催着我快给他们登记,叫着喊着要出生。我也憋得难受,就是没有时间写。

好不容易盼到星期六,吃完晚饭我就躲到三楼楼梯拐角处一个文艺宣传队放乐器的小暗室里,一口气干到深夜两点钟,草稿写完了,心里很兴奋。偷偷地回到宿舍,躺到床上之后还迷迷糊糊的似睡非睡,老是想着自己小说里的人物和对话,特别是有那么几句自己很得意的话,在心里翻来覆去念叨个没完。

下一个星期六的晚上,连抄清带修改,又干了一个通宵,稿子算完成了。偷偷地拿给一个战友看,他是甘肃人,看过稿子以后鼓励我寄给《甘肃文艺》,正合我意。我见识了中国的大海,很想有机会再游历一番中国的大山大河,自然向往西部。一个多月后小说登了出来,这就是我的第一篇小说——《新站长》。

结婚就是为了"过日子"

一位交往多年的编辑，再一再二地约我谈谈年轻时的"婚姻观念"和"择偶标准"，我不忍拂她的诚意，却也不敢贸然答应，像我这个年龄的人，当初结婚时真有什么"观念"吗？至少不像现在的年轻人那么明确：结婚是为了爱情，为了幸福……

那个时代的年轻人简单而有"理想"，差不多都想"干一番事业""先立业后成家"。至于想干什么"事"、立什么"业"？说白了就是干好本职工作，当好"螺丝钉"。是工人就要学好技术，一级级地往上升，成为八级工是连做梦都不敢想的，当时我所在的工厂一万多人，八级工不足十名，比副厂长还更被人高看。那个时候能升到四、五级工就相当不错了，到哪里都能吃香的喝辣的。可见那个年代的"理想"，绝没有现代人想升官发财、出人头地这么宏大。"文革"渐入高潮，因我当过厂长秘书而成了"走资派的黑笔杆子",被打到车间"监督劳动"。

当时我晃晃荡荡的已经二十七八岁了,带我到天津读书的三哥发话了:你已经无业可立,连正经事都没得可干了,还是成家过日子吧。对了,"过日子"——就是当时最流行也是最重要的"婚姻观念"。人只有结了婚,才叫有了自己的"日子";两口子打架,叫"日子没法过了";离婚或死了配偶,周围同情的人都会感叹,"往后他(或她)的日子可怎么过呀?"三哥是想让我在人不人鬼不鬼的时候,成个家好躲进自己的"日子"。

"观念"有了,我的"家"该怎么"成"呢?也就是说想找个什么样的人组成自己的家呢?我认真想了几天,将自己认识的姑娘在脑子里过了一遍筛子,还真找不出自认为能跟我"过日子"的。既然提不出想找个什么样的人的标准,就只好向哥嫂提出什么样的人是我不能找的,共有三条:

一、不找文艺演出队的。我在部队时就为战士文艺演出队编过节目,回到工厂还曾管过演出队,虽然有机会接触一些漂亮姑娘,却深知演出队的姑娘心高气盛,以我的条件绝对消受不起。想"过日子"就要找门当户对的,不能高攀。这一条是给自己敲警钟,找对象别光盯着漂亮的。

同时也让哥嫂放心，你兄弟知道自己的斤两，不会好高骛远做美梦。

二、不找本厂的。我在厂里"黑"名昭著，没有不知道"黑笔杆子""黑秀才"的，到哪里都有人对我指指点点、交头接耳，做人已经没有了尊严。在那个年代犯了"路线错误"，等于断送了前途，即便有不嫌弃的愿意嫁给我，一不高兴了难免会抱怨、后悔，岂不等于开我的家庭批斗会？两人搭伙过日子，最好找个肩膀头一般高的。

三、也不想找地道的城市人，最好是像我这样从农村来的，或者有外地背景。当初我以全班第一名的成绩考进天津的中学，被班主任指定为班主席，城里的学生很不服气，给我起外号，学我说话的口音，直到1957年他们利用政治运动告黑状，终于给我弄了一个处分并撤掉班主席职务。可能从那时起，我对大城市以及城里人便心存芥蒂，至今已在大城市里生活了半个多世纪，自觉仍不能真正地融入城市。两年前出版长篇小说《农民帝国》，在《后记》里我说了一句话："总觉得自己在骨子里还是个农民。"

嫂子听完这三条笑了：正好，我有个合适的人儿，就像专给你留的一样，完全符合你的条件。你是富农子弟，她出身资本家,父母都被遣送回原籍了,她的老家离咱村只有五里地。天津只剩她一个人了,原先是生产计划科副科长,现在也撤职回车间当工人了。人样子长得不错,比你小三岁,本分牢靠,我绝对知根知底,论起来是我的叔伯妹子。

听完嫂子的话我很后悔没有在"择偶标准"里再加上一条:"不找拐弯抹角、沾亲带故的。"我干的是锻工(打铁),属于"特重型体力劳动",又是三班倒,很快就把成家的事丢到脑后了。有一天嫂子交给我一个布包,让我给她的叔伯妹妹送去,并嘱咐道:你们俩怎么也得见个面,看看没有大问题就快点把事办了,她一个人过日子不容易,你也老大不小的了。

嫂子动真格的了,这是叫我去相亲呀!反正早晚也得去一趟,否则无法向嫂子交代,等回绝了那位叔伯妹子后,再向嫂子解释。我选了个我下早班、她歇班的日子就"送货上门"了。在天津市最繁华的中心地段找到了她的家,一个老院里有一幢老楼,进院碰到一位大姐,拦住我像审贼一样把我审了个底儿掉,然后才领我敲开了她的屋门。屋子里空空荡荡,四壁光光,靠最里边的角上有张旧床,屋子中间有个凳子,凳子上放着一盆水,她显然刚洗完头,头发还是湿的，一时间愣在原地，有些手足无措，却越显得眉眼温顺。她是细高个，肤色白净，软弱无助地站在这样一间像刚洗劫过的老屋子里，身上竟散发出一种东西格外让我动心。

虽然我也浑身不自在，却在那一刻就拿定了主意：就是她了，这是个能跟我相依为命的女人！我赶紧把嫂子的布包递过去，说了句"你有事找我"，就慌忙退出来走了。很长时间以后，我们两个人聊天，她提起我们第一次见面的尴尬，一直非常关心她的同院大姐，那天等我走了以后就逼问她："刚才那个大老黑是谁？是不是你叔伯二姐的小叔子？不行，一朵鲜花哪能插在牛粪上！"我们准备结婚的时候我特意自制了一张请柬，让她交给同院的大姐，落款就是"鲜花、牛粪"。

结婚前工厂一位对我非常好的老师傅也给了我受益终身的忠告：马上要成家了，好歹我是过来人，给你立三条规矩。第一，不管生多大气，都不能打老婆，只要动了一次手，下次一不高兴了手就痒痒，巴掌拳头是打不出感情的，也打不出好日子；第二，永远不要骂老婆，有理说理，有事说事，只要骂顺了口后边就收不住；第三，能成两口子多少都有点天意，不到万不得已、两个人实在走到尽头了，不能从你嘴里吐出离婚两个字。离婚不是儿戏,不可成天挂在嘴边上。

这就是我的老"观念"和老"标准",惹读者见笑。

梦游国庆节

从前人们一谈到游行,立刻会联想到大军进城、开国大典……气势雄壮,强烈地感染一种昂扬情绪。1959年10月1日,天津市要在海河东侧的中心广场,举行盛大的新中国成立十周年大游行。全市有头有脸的单位,为了能够争取到参加游行的资格,抢破了脑袋。

我所在的天津重型机器厂,不仅是全市机械行业的老大,也是国家第一个五年计划确立的"156项工程"之一,当时举国都认为国家要强大、想在这个多事的地球村挺直民族的脊梁,就要率先发展重工业。人人都公忠体国,热血千秋,于是社会上把这156个大企业称作"共和国长子"。可想而知,不用争抢国庆游行也必有我们厂一号,可以出一辆彩车,彩车上自然要载着厂里最拿手的产品。

那时厂里几个主要的大车间都处在设备安装、试车投产的阶段,每个车间的设备和产品在当时都是国内最先进的，我们车间的 2500 吨水压机更是如此。刚安装好，正在调试，而且试生产的是五拐重型曲轴，是第一机械工业部催要的急件，为重型坦克和巨型舰船的发动机配套。已经调试了很多次，达不到要求，它的标准定得很高，要求太严格了。要强国强军，又要自力更生，说着容易干起来难。国庆节临近了，大家都有点着急上火。

我当时还是"铸锻中心技术学校"没毕业的学员，提前分配到锻压车间热处理组，天天跟着水压机试生产的工程师和工人们一块儿忙乎，却使不上多大劲。但我可以从别的地方帮忙，当时的业余时间正迷恋写小说，却对怎样才算是小说又搞不太清楚，唯一的特点是胆子大，敢写。当时全国重工业的热点是造万吨货轮和大型柴油机，无论是巨轮或柴油机，其心脏是发动机，发动机的脊梁就是这根我们正在试制的重型五拐或七拐曲轴，在当时这可是尖端产品……产品的实验失败却给了我写作的"灵感"，便根据曲轴试锻的情况写了一篇自认为是小说的东西。由于不懂投稿的规矩，没有寄给文艺部，信封上只写了"天津日报"。到 9 月下旬的一天，市委机关报居然在头版头条把我的小说当通讯给登了出来，通讯的最后有个括弧，括弧里面印着三个小字"蒋子龙"。稿子里提到的厂名、车间名以及曲轴的名称都是真实的，而车间主任、工程师、厂长的名字都是虚构的,我在小说里还浓墨重彩地大写特写曲轴试锻取得了多么辉煌的成就……

这篇东西自然在工厂引起大哗,友好一点的说我"真能写",刻薄一点的说我是"吃铁丝屙笊篱——瞎编"!好像全厂的人都在议论和嘲笑这件事。我尽等着挨领导批评了,岂料在离国庆节还有三四天的时候,厂长冯文彬又来到2500吨水压机现场,前前后后看了一阵,问了一些问题,转身到车间办公室搬了把木椅子,在水压机跟前找了个不妨碍工人干活的地方坐下来。

不想他这一坐就是三天三夜,没见他闭过眼,甚至没打过盹儿,只是每天夜里12点之前到大食堂转一圈,看看为夜班工人准备的饭菜怎么样。三天里他也几乎没怎么说话,不插嘴,也不插手,但所有跟生产曲轴有关的技术人员以及管理干部全来到水压机现场,试生产的过程中无论出现什么问题都是现场解决。现场却不像以前那么乱了,没人大喊大叫,你埋怨我,我责怪你,调试变得有序而高效……

三天后,3.8吨的五拐曲轴试制成功,完全合乎图纸要求。冯厂长并没有显得多么兴奋,但脸上的线条一下子全顺畅了,他当即下令:由我们锻压车间向运输科要一辆卡车,拉着曲轴参加国庆十周年大游行,并让我押车,记录游行盛况，特别要留意大家对曲轴的反应。因为曲轴试制成功是制造业的大新闻，报纸、电台都会报道，《天津日报》不是还提前发了一篇蒋子龙写的通讯吗。

这真是因祸得福，10月1日早晨还不到5点钟，我重新改写了那篇小说后刚睡着，卡车司机小郭就到宿舍把我喊起来了，卡车就停在宿舍大院门口，曲轴系着大红的丝带固定在卡车的铁架上。我们来到市里，离中心广场还很远，就按指令停车排队等候。一个刚进厂不久的年轻人享此殊荣，可算出足了风头，我坐在驾驶楼子里兴奋异常，是第一次尝受虚构带来的快乐……司机叫郭启厚，人称"郭傻子"，其实他能说会道，比谁都精，他说我编瞎话露了脸，应该请客给他买早点。我心里高兴，还答应中午回厂后送给他一个高温车间的保健菜条。我下车按郭傻子的要求给他买了两个馒头一包五香花生，我给自己买了四两大饼夹炸糕。回到车上香香甜甜地吞下去之后，眼皮可就睁不开了，我告诉郭傻子，游行开始的时候喊醒我，脑袋舒舒服服地往后一靠就没有意识了……

到我被喊醒的时候，已经是中午回到厂子里了。我想郭傻子如果不是惦记着我答应给他一个高温菜，说不定他还不会喊醒我。这时候轮上我犯傻了，用当时的话说，能参加国庆游行是极大的荣誉，押彩车的任务本应该是厂级干部的事,顶不济也得是车间主任去,歪打正着地轮上了我,全厂职工都盯着哪,我却既没"游"也没"行",整整睡了一上午,什么都没看到。自己遗憾不用说,怎么跟厂部和车间交代?心里恼怒就怪罪郭傻子,他说:"我喊你了,喊不醒你能怪谁?"他要掌握车速车距,心里也很紧张,不敢过多分神。我仍旧埋怨他:"这怎么向厂部汇报呢?"郭傻子幸灾乐祸:"你不是能编吗?"被他这一骂我又有了灵感:"你把游行的全过程跟我说一遍,否则我就不给你买高温保健菜……"

虽然是国庆节,厂里主要生产岗位都在加班,我如实向车间主任汇报了游行睡觉的事,车间主任怕挨批,让我自己去跟厂长汇报。冯厂长到底是经过长征的大干部,处理问题的方式就是不一样,听完我睡了一路的汇报竟哈哈大笑,一摆手让回宿舍去接着睡……

面对收割

为出版《蒋子龙文集》整理自己的作品时,突然感到我正面对着的是一次人生的收割。

付出了多少心血,收成到底怎样,哪个品种歉收,哪个品种有意想不到的收获,一目了然地全堆在场院里。当初庄稼长在地里的时候,曾是那么花花绿绿的一大片。只有收割后才能一览无余地看见土地的面目,看出自己的真相。

收割是喜悦的,也是严酷的。需要有勇气面对收割后的土地和收获。

回想我和文学的缘分,开始写作纯粹是出于对文学的即兴,后来能成为作家,在很大程度上要归于外力的推促——那个年代的青年人,其他的生活理想破灭后往往喜欢投奔文学,靠想象获得一种替代性的满足。一旦被文学收容下来,麻烦就会更多,于是人生变得丰富了。身不由己,欲罢不能,最后被彻底地放逐到文学这个活火山岛上来了。

因此,我的作品关注现实是很自然的。而现实常常并不喜欢太过关心它的文学。于是当代文学和社会现实之间形成了一种奇妙的关系,文学的想象力得益于现实,又不能见容于现实。

我尝过由上边下令,"在全国范围内批倒批臭"的滋味,也知道被报纸一版接一版地批判是怎么回事,因小说引起了一场又一场的风波。不要说有些读者会不理解,连我本人也觉不可思议,翻开不久前出版的《蒋子龙文集》,每一卷中都有相当分量的作品在发表时引起过"争议"。"争议"这两个字在当时的真正含义是被批评乃至被批判。这些批评和批判极少是艺术上的,大都从政治上找茬子,因此具有政治的威慑力,破坏作家的安全感和创作应有的气氛。

值得吗?从这个角度说我是个不走运的作家。是现实拖累了文学,还是文学拖累了我?

这就是我以及文学无法脱离的时代。

说来也怪,正是这一次又一次的批判,像狗一样在追赶着我,我稍有懈怠,后面又响起了狂吠声,只好站起来又跑。没完没了的"争议",竟增强了我对自己小说的自信心,知道了笔墨的分量,对文学有了敬意。自己再也没有什么可丢失的了,在创作上反而获得了更大的自由。当一个人经常被激怒、被批评所刺激,他的风格自然就偏于沉重和强硬,色彩过浓。经历过被批判的孤独,更觉活出了味道,写出了味道。我的文学结构并非子虚乌有的东西,它向现实提供了另一种形式。

当然,我也获得过许多奖励。其实批评和奖励都是一种非常表面的东西,它最大的功能是督促我去追求一种更强有力的叙事方法。

无论读者怎样评价我的作品,它都是我的别传,是这段历史时期的一个投影。我唯一能说的是对得住自己的责任和真诚。经历了争争斗斗,七批八判,如同庄稼经历了自然界的干旱、雨涝、风沙、霜冻、冰雹,仍然有所收获,仍然保留了一份坦诚,一份自然,人格文格仍然健全,我忽然又生出了几分欣慰。

艺术说到底,还不就是求真、存真吗?

面对自己,发现这十几年来对创作的想法有了很大的变化,大致可分为三个阶段。

从1979年到1983年算一个阶段,这个阶段我写得积极严肃,快而多,我的大部分短篇和中篇小说都是在这个阶段写的。写了以《开拓者》《拜年》为代表的一批工业社会领导层里的人物和以《赤橙黄绿青蓝紫》为代表的年轻人。往往这一篇还没有被"批深批透",我的新作又出来了,使某些人批不胜批。这个时期我的情感以忧、思、愤为主,文学的责任承载着现实的严峻,视真诚为创作的生命。尽管这真诚有点沉重,有时锋芒直露,对前途倒并未丧失信心,甚至对有些人物还投以理想的光焰。就这样,形成了这一阶段我的创作基调,或者说我已经意识到自己的风格了,并有意强化这一风格,追求沉凝、厚重。跟文学较劲,努力想驾驭文学。

自1984年至1989年,想摆脱自己的模式,扩大视野。文学不应该以题材划分,作家不应该被题材局限。这个时期写了两部长篇小说和以《收审记》为代表的"饥饿综合症系列小说"。这个时期的情感和创作基调是沉静,沉静中有反思有热望。冷静地观察和思索,并未使我脱离现实,相反倒更重视文学的现实品格了。冲出工业题材的束缚,对工业社会的熟悉更有助于我探索和表现工业人生。我的文学天地开阔了,能够限制我的东西在减少,创作的自由度在增长。

——这个阶段对我是至关紧要的。走出了自己的阴影,也走出了别人的阴影。这很难,但很值得,没有这个阶段的变化就不会有今天的"收割"。我想人的所谓的"昙花一现"(像昙花那样烈烈轰轰、辉煌灿烂地一现也很了不起，不应该受到嘲讽，也没有必要自惭形秽）就是不能突破最初使自己成名的风格和题材的局限，从始至终都是"一段作家"。

自1990年以后，我不再跟文学较劲，不想驾驭文学，而是心甘情愿，舒展自如地被文学所驾驭。超脱批判，悟透悲苦，悟出了欢乐，笑对责难和褒奖，写自己想写的东西。自觉正在接近文学的成熟期，进入创作的最佳阶段，各方面的准备都做得差不多了。

这次"收割"实际是在我的播种期进行的，它只占了我很少的一点精力，并不影响正常的耕作。况且，收割后的土地会渴望着新的播种。

春种秋收，乐此不疲。

国家的投影

国家不是一个空洞的概念.每个人一想起自己的国家,脑子里⋯⋯⋯⋯⋯⋯——这是地图告诉你的。你将终生⋯⋯⋯⋯形状,保卫这个形状,因为这个⋯⋯

我⋯⋯⋯⋯好的一段青春岁月贡献出来,绘⋯⋯

那是1960年,经过一场严格的考试,我舍弃了在工厂很有前途的一份工作,穿上了海军军服。几个月的新兵训练结束以后又经历了一次考试,被送到海军制图学校上学。这时候我才明白,别人当兵一次次地检查身体,为什么我当兵要一次次地考数学。我国刚刚发布了12海里领海的规定,国家急需要一批海军绘图员,把祖国海洋的形状画出来,让中国人、让全世界认识我们国家的投影,并尊重这个投影。

一个人一生总是要做一些事后会后悔和永不会后悔的

事情。我当过兵，这是我做过的最不后悔的事情。你想，20岁上下，正是生命的黄金时期，将最美好的青春年华给了部队，完全可以说是对祖国的初恋。能不珍惜、能不怀念吗？只有当过兵的人才相信这样一句话："一个男人没有当过兵，他的人生就不能算是完满的。"

我从制图学校毕业后成为海军制图员，当时的世界正处于冷战时期，唯我国的沿海边疆"热战"的火星不断，且不断升级，大有一触即发之势。首先是美国不承认我们的12海里领海权，三天两头派军舰侵犯我们的领海，我国政府便一次次地向美国政府提出严正警告，并出动军舰一次次地把美国人从我国的领海逼出去。与美国支持的台湾国民党军队的冲突时有发生，从小规模的海战到空战……战斗英雄麦贤得就是我们海军的骄傲。

有时一天可以发生几次摩擦，只几年的工夫我们就向美国政府提出200多次严正警告，打落他们几十架高空侦察机。到以后，美国的军舰干脆就耍二皮脸了，你一个没看到，他就闯进来了，你追过去，他就又退回到12海里以外，等你一个不留神，他就又溜回来了……紧张的时候我一连几个月出不了绘图室。

在新中国成立之前我们没有像样的海图，那时的中国人并不了解自己的海洋，只有一些外国海军丢弃的当初为侵略中国绘制的港口资料,既不精确,又不系统。中国人民海军如果没有自己的海图,在海上就一动也不敢动。我们的任务就是根据自己的测量成果,精确地绘制出完备的各种比例尺的中国海洋图。也许可以说是美国人激发了我的爱国热情,强化了我关于祖国的概念。

其实,兵的意识就是国的意识,当兵的不能没有祖国而存在。以前在学校里培养的国家概念空洞而美好,一进部队,国家概念就变得具体、严酷、神圣,与自己息息相关,且责任重大。那时候我们的吃喝拉撒睡一言一行都和国家的利益连在一起,充分体验到关系国家的安危就是最高命令,没有国家的力量就没有个人的存在。

爱国是一种高贵的情感,"胸怀祖国"不再是一句口号。至少是祖国的海洋,从南到北,哪儿有港,哪儿有湾,哪儿有岛,哪儿是石,哪儿是泥,都烂熟于胸,分毫不差。那时,不管夜里是否能回宿舍躺一会儿,或趴在图板上打个盹儿,每天早晨都格外警醒,先要知道我国政府有没有向美国提出新的警告,在什么海域?然后收听广播,中央和"苏修"论战的文章……

现在50多岁的人都能记得那个年代的氛围。天上、海上、北边、南边、思想、物质,我们受到来自四面八方的逼迫和侵犯,却培养起一种昂扬的情感。爱国是人类最高的道德。当时我把自己生命的热力和理想全都凝注到海图上了，海图上有我，我心里有海，有海才有国家。

有一次我随测量小组登上虎口礁，天地不同方觉远，共天无别始知宽，周流乾坤混茫，远眺海天无垠。那是中国黄海最外面的一块陆地，从虎口礁再向外量12海里都是中国领海，站在礁石的高处能亲眼看得到中美军舰剑拔弩张的对峙局面。领海不仅仅是水，除去国家的尊严还有海洋资源，海权之争是政治之争，更是资源之争。只要拥有了岛屿（包括礁石），就有了海域，有了海域就有海洋资源。哪个国家拥有范围更大的海洋面积，哪个国家就拥有更多的海洋资源所有权。海洋意识既是生命意识，又是国土意识。因之，争夺海洋成了现代战争的根源和动力。一个国家只有海军强大，海权牢固，国家才会兴盛。海军弱，则海权弱，国家衰。美国远在太平洋对岸，为什么要跑到我们的家门口捣乱？它不是吃饱撑得没事干才这样的……

然而，拿破仑有言："一切帝国皆因吞噬过多，无法消化而告崩溃。"罗马帝国、拿破仑王朝、大英帝国以及希特勒无不如此。可没有一个后来的帝国会吸取前朝帝国崩溃的教训，一旦强盛起来就会遏制不住地要向外扩充，贪得无厌地吞噬……

落日惊涛，浮天骇浪，我在远离大陆的孤礁上待了几天，看日月吞吐，受大风围困，越孤单就越想念亲友，越远离祖国心里就越有祖国。连茫茫海面上奔腾的波涛也都是翘首向大陆张望，然后一排接一排锲而不舍地向岸边涌扑，直至回到祖国的怀抱，发出一阵阵兴奋的喧哗。那时真希望自己能变成一片海浪，不屈不挠地扑回营房、扑回战友身边，一种对家对国的向往便立刻像大雾一样在我四周弥漫开来。

大风一停，我被急急地接回大队，原来，美国人把对我们没有发出来的邪火撒到了越南人的头上，发动了北部湾战争。我们要援助越南，又要加班加点了……我在绘图室里除去绘制中国海图，还要绘制世界海图，感到一种自豪、一种信心。你只有有国家，才有世界。一个没有强大国家的人，世界也不属于你。

至今，我一想到中国军舰的舰长们使用的海图中有一些就是我绘的，心里还格外滋润和欣慰，这种感觉是出版几本著作甚或受到读者好评都无法替代的。已活到知天命的年纪，人前人后从心里敢大大方方为之骄傲的，就是曾经当过海军制图员——心里永远印下了祖国的投影。

"大参观"的年代

当今盛行旅游，一放假就得出去，待在家里觉得吃亏。在这个"举国大旅游的时代"之前，曾有一个"到处参观的时代"。当时"网络"就是每个人的两条腿，每个单位的人都有过"参观"的经历，或者出去参观别人，或者被别人进来参观。那时一个单位先进到什么程度，取决来参观的人数多少。比如"全国学大寨"时期，平均每天有26批共350多人到大寨参观，高峰期每天可达到100多批次，过千人去参观。

当年我所在的天津重机厂，也有许多"被参观"的故事，倒不是因为天重有多先进，更多的是因为它大，它在机械行业的分量"重"，有整个华北地区独一无二的6000吨水压机。当时全社会都重视工业，大工厂便成了各地最重要的景观，不只是国家领导人会不断地来视察，外国的首脑也常来参观。当时我所在的锻压车间，有那么两三次"被参观"最为惊险,事后我的帆布工作服竟让被吓出的一身冷汗给浸湿了。

一次是原国家主席李先念和夫人,陪同柬埔寨的西哈努克亲王来车间参观,那天碰巧刮大风。幸好6000吨水压机正在干一个大活儿,用的是近百吨的钢锭,被1200多度的高温烧得发白了,从炉子里一掏出来,四周一片通红,贵宾们被烤得都退到了车间门口。而门口风又大,只站了一会儿就由市领导引导着出去了。领导人刚走出车间,30多米高的房顶窗户就被大风吹开,碎玻璃碴子嘁里咣啷地砸了下来……再晚一步就可能出大祸。

还有一回,懂行的原国务院副总理纪登奎来视察,辅助天车从炉膛里钳出一个烧透的大钢锭,放在175吨锻造天车的链条上,天车操作机铿铿一较劲,底下的链条断了。天车司机还算机灵,立刻将天车开到旁边重换了一根新链条,然后才开始锻造。一般外行人看不出是发生了事故,可纪登奎在大型机械厂工作过,是个行家,转过头问我:"你的设备在开炉前不作检查吗?"我的汗立刻就下来了,生产前哪能不检查?况且是国家领导人来,那真是查了又查,可偏偏就这么寸!

我的第一部中篇小说《开拓者》,获1980年全国优秀中篇小说奖,领奖时有记者问我:"你是个工厂的业余作者,却在小说里写了个 B 副总理，这虚构得有点离谱吧？你见过副总理一级的人物吗？对这种身份的人物的言行，你怎么把握？"他的提问带着一种蔑视，认为工厂的业余作者就没见过世面。我当即回答说："巧了，我不只见过一个副总理，还跟其中的一位副总理有过一段交往。"

当然也是"被参观"时结的缘。说来荒诞，促使我跟他相识的竟是江青。就是在小靳庄被树为全国典型后，有一年夏天厂部通知我，江青要来我们车间参观，连带全厂都进入"一级战备"。车间里抽出几十个人停产打扫卫生，给道路两旁的杨树刷上白粉，新修一个高级的厕所。当时不知为什么，老把江青跟厕所联系起来，接待江青必须得有个好厕所。晚上不许我回家，在车间里随时等候命令。当晚市里工业书记孙健跑来通知我们，明天上午 9 点钟江青来车间视察。第二天一早，厂保卫部下令，车间只留一个正门开着，将其他没有接待任务的大门全部上锁，不许工人出入，免得围观江青。然后就是静静地等着，9 点、10 点、11 点、12 点……全厂像傻老婆等痴汉子，心在嗓子眼儿提溜了 4 个多小时，还没见江青的影儿。我悄悄叫人给车间的各个大门开锁，先让工人去食堂买饭。

到下午 3 点钟，那位孙健风风火火地跑来了，说江青一会儿就到。其实连"一会儿"都不到，突然就来了两卡车解放军，进厂后跳下汽车急速散开，把住了大门口、各个路口和通向我们锻压车间的大道。看来人家对早就站在那里的本市警察并不信任。很快，庞大的车队出现了，威风八面，其气势压过了以前所有到我们厂来过的领导者。他们下车后，工人们看见江青的随员里有许多熟脸的人物，文艺界的，体育界的……江青高声说道："我要看工人，看你们那个大机器！"

正是这位带领江青来参观的市工业书记孙健，后来跟我还有过不少交往，直至他升为国务院副总理，分管全国的工业，也还打过交道。在那个"参观的年代"，世界是立体的，是实在的，无论参观和被参观，都会留下一些印象，甚至是故事。而当下的"网络时代"，却容易让人觉得世界是虚拟的……

那些年,那些事,那些人——

有些故事未说,说故事的人却已先流泪。

有些人丰富了青春,有些事构筑了回忆,但它们都同时夯实了人生……

小龙也是龙

我名子龙，怎么可能属蛇呢？一定是某个环节出了什么差错，总觉得自己应该属龙。因为我自小就敬畏龙，此瑞兽是民族的图腾，上天行宫，足踏祥云，呼风唤雨，神秘莫测，被人们夸讲不尽，却不让任何人见到真面容。蛇则太具体了，而且凉森森，软乎乎，滑溜溜，站没站相，坐没坐相，"坐也卧，行也卧，立也卧，卧也卧"。隐伏潜行，不声不响，惯于偷袭，我无法容忍将自己跟这样一个爬虫联系起来。小时候只有在犯了错的时候才会用属相来安慰自己：我是属蛇的！

14岁之前我生活在农村，有年暑期下洼打草，有条大青蛇钻进了我的筐头子，不知不觉地把它背回了家，在向外掏草的时候它哧溜一下子钻了出来，着实吓了我一大跳。一气之下决定见蛇就打，当下便找出一根一米多长的8号盘条，将顶端砸扁，磨出尖刺，第二天就带着这武器下洼了。

塌下腰还没有打上几把草，就碰见了一条花蛇，抡起盘条三下五除二将其打死。这下可不要紧，以后三步一条蛇，五步一条蛇，有大有小，花花绿绿，我还从来没有见过那么多的蛇，几乎无法打草了。只觉得头皮发紧，毛发直立。它们不知为什么不像往常那样见人就逃，而是呆呆地看着我不动弹，好像专门等着受死。我打到后来感到低头就是蛇，有时还两条三条地挤在一起，打不胜打，越打越怕，最后丢掉盘条背着空筐跑回家去了。我至今不解那是怎么一回事，平时下洼只是偶尔才能碰上一两条蛇，怎么一决定打蛇就仿佛全洼里的蛇都凑到我跟前来找死！自那以后我不敢再打蛇。说也怪，心里不想打蛇了，下洼就再也见不到那么多的蛇了。

1941年的蛇，披着熊熊火光，顶着隆隆轰炸，搅得天翻地覆。日本人像蛇一样偷袭了珍珠港，美国人宣布参战，全世界变成了大战场。我一生下来就被家人抱着逃难，今天听到信儿日本人到了东乡，村民们就往西跑。明天又听说日本人过了铁道，大家又掉头向东逃。由于我老是哭个不停，不仅搅得人心烦，还危及乡亲们的安全，家人估计也养不活我，便狠狠心把我丢在了高粱地里。是大姐跑出了半里多地似乎还能听到我的哭声，就又跑回来把我抱上。于是今天就多了一个姓蒋的在谈本命年。

这一年里香港还出了一条蛇，也同样取名叫龙：李小龙。大概跟我怀着差不多的心态，羡慕龙，却不得不属蛇。其实龙蛇原本一体，龙的形象很有可能就是先民以蛇为基干，复合其他动物的某些特征幻化出来的。神话中的人类始祖伏羲、女娲夫妇，不就是人面蛇身之神吗？所以中国人把蛇年又称为小龙年。凡有人问我的属相，我连小字都去掉，就取一个龙字。

随着年龄的增大，属相不是越来越淡化，而是越来越强烈了，它就趴在你户口簿里和身份证上，时刻在提醒着你和组织部门。光你自己说属龙不行，龙年我想退休人家就不给办手续，今年想不退也不行。拉来12种动物和地支相配本来是古人的一个玩笑，人和这些动物没有任何遗传或血缘上的关系。今天，属相却不是无关紧要的了——我一直口称属龙，却一辈子被蛇管着。

母亲就是天堂

童年就是天堂，那是因为有母亲。

我儿时的冬季是真正的冰天雪地，没有被冰雪覆盖的土地被冻得裂开一道道很深的大口子。即使如此，农村的小子除去睡觉也很少待在屋里，整天在雪地里摸爬滚打。因此，棉靴头和袜子永远是湿漉漉的，手脚年年都冻得像胡萝卜，却仍然喜欢一边啃着冻得梆硬的胡萝卜一边在外面玩耍：撞拐、弹球、对汰……母亲为防备我直接用棉袄袖子抹鼻涕，却又不肯浪费布做两只套袖，就把旧线袜子筒缝在我的袄袖上，像两只毛烘烘的螃蟹爪，太难看了。这样一来，我抹鼻涕就成"官"的了，不必嘀嘀咕咕、偷偷摸摸，可以大大方方地随有随抹、左右开弓。半个冬天下来，我的两只袄袖便铮明瓦亮，像包着铁板一样光滑钢硬。一直要到过年的时候老娘才会给我摘掉两块铁板，终于能看见并享受到真实而柔软的两只棉袄袖子。

二月二"龙抬头"之后,大地开始泛绿,农村就活起来了。我最盼望的是榆树开花,枝头挂满一串串青白色的榆钱儿,清香、微甜,可生吃,可熬粥,母亲把榆钱掺到粮食面子里贴饽饽,无论怎么吃都是美味。农村的饭食天天老一套,母亲却总能换出花样,我一直认为一个人的饮食习惯是母亲的厨艺培养出来的。

当然,农村的孩子不能光是会吃,还要帮着家里干活,男孩子第一次下地,会有一种荣誉感,类似西方有些民族的"成人节"。我第一次被正式通知要像个大人一样下地干活,不是跟父亲和哥哥们,而是母亲。大概是五六岁的时候,提一个小板凳跟母亲到胡萝卜地间苗,母亲则挎一个竹篮,篮里放一罐清水,另一只手里提着马扎。我们家的胡萝卜种在一片玉米地的中间,方方正正有五亩地,绿茵茵、齐刷刷,长得像蓑草一样密实。我们间苗从地边上开始,母亲坐在马扎上一边给我做样子,一边讲解,先问我胡萝卜最大的有多粗,我举起自己的胳膊,说最粗的像我的拳头。母亲就说两棵苗之间至少要留出一个拳头的空当,空当要留得均匀,但不能太死板,间苗要拔小的留大的……

许多年以后我参军当了海军制图员,用针头在图板上点沙滩的时候,经常会想起母亲给我讲的间苗课,点沙滩就跟给胡萝卜间苗差不多，要像筛子眼儿一样点出规则的菱形。当时我最大的问题是坐不住屁股，新鲜劲一过就没有耐性了，一会儿蹲着，一会儿站起来，一会儿喝水，喝得肚子圆鼓鼓的又不停地撒尿……母亲后来降低条件，我可以不干活但不能乱跑，以免踏坏胡萝卜苗。于是就不停地给我讲故事，以吸引我坐在她身边，从天上的星星直讲到地上的狗熊……那真是个幸福的下午。自从我能下地野跑了，就很少跟母亲这样亲近了。

小时候我干得最多的活是打草，当我弯着腰，背着像草垛般的一筐嫩草，迎着辉煌的落日进村时，心里满足而又骄傲。乡亲们惊奇，羡慕，纷纷问我嫩草是从哪儿打来的，还有的会夸我"干活欺！"（沧州话就是不要命的意思）我不怎么搭腔，像个凯旋的英雄一样走进家门，通常都能得到母亲的奖励。这奖励一般分两种：一种是允许我拿个玉米饼子用菜刀切开，抹上香油，再撒上细盐末。如果她老人家更高兴，还会给我二分钱，带上一个焦黄的大饼子到街里去喝豆腐脑。你看，又是吃……但现在想起那玉米饼子泡热豆腐脑，还香得不行。

令我真正感到自己长大了，家里人也开始把我当大人用，是在一次闹大水的时候。眼看庄稼就要熟了，突然大雨不停，大道成了河，地里的水也有半人深，倘若河堤再出毛病，一年的收获将顷刻间化为乌有。家里决定冒雨下地，往家里抢粮食，男女一齐出动，头上顶着大雨，脚下踩着齐腰深的水，把半熟的或已经成熟的玉米棒、高粱头和谷子穗等所有能抢到手的粮食，掰下来放进直径近两米的大笸箩。我在每个笸箩上都拴根绳子，将绳子的另一端系在自己腰上，浮着水一趟趟把粮食运回家。后来全身被水泡得像白萝卜，夜里我睡得像死人一样，母亲用细盐在我身上轻轻地搓……

至今我还喜欢游泳，大概就是在那个时候练的。

在我13岁的那年母亲病重，我的欢乐的童年就结束了。我永远都不会忘记1954年的除夕，炕烧得很热，娘平躺在炕头上，身下铺着两层褥子，上面压着厚棉被，她却始终一动不动，似乎对分量已经失去感觉。

那张我极为熟悉又无比慈爱的脸，变得瘦削而陌生，双眼紧闭，呼吸时轻时重，只要娘的喘气一轻了，我就凑到她的耳根底下"娘呀娘"的喊一通，直喊得娘有了反应，或哼出一声，或重重地吐出一口气，或从眼角流出泪水。

娘一流泪我也就陪着一块儿哭……屋子里忽然像打闪一样，有光影晃了几下，我吓得一激灵，赶忙直起身子，发现是煤油灯的火苗在跳。

年三十的晚上禁忌很多，不能在床上咳嗽，不能隔着门缝说话，说话时不能带出不吉利的字句……我不知道灯芯跳跃是吉是凶，又不能乱问，便自作主张地跳下炕，从抽屉里翻出用过的旧课本，撕下封皮用剪子在中间掏个洞，然后套进煤油灯的葫芦状灯罩上，整间屋子随即就暗下来，灯芯跳不跳都不再晃眼了。

我重新爬上炕坐在娘身边，此时觉得外面很静，偶尔从远处传来零星的鞭炮声，父亲和两个哥哥不知在忙些什么，或许正在为娘准备后事。今年过年对我们家不容易，既得准备好好地过，借着过大年冲喜，希望能把娘的病冲好；还得随时准备不过这个年，娘如果挺不过去，就得立即将过年改为治丧。每隔一阵子就有人轻手轻脚地进屋来，低声问问我娘怎么样了。两个嫂子在西屋里包饺子，大家都尽量不弄出一点声响。

当时我不足十四岁，家里的大事没有我掺和的份儿，正好可以静静地守护着娘。十几年来我无时无刻不受着娘的照料，无法想象也不敢想象，娘若真的走了我将怎么办？我是娘的老儿子，可想而知娘对我有多么的疼爱，在这个三十晚上我把娘的恩情，以及我以前闯祸惹娘生气的事都记起来了……思前想后的结果是无论如何我都得把娘留住。

家里人从近到远，为娘请过好几位大夫，各种药汤子不知让娘喝了多少，却都不见起色。年前我从大人们的话语里和脸上已经觉察出来,娘的病恐怕难以治好了,用娘的话说他们都已成家立业,只丢下我是未成年人。在这个为娘守岁的除夕夜,我暗下决心要治好娘的病,独自创造奇迹。

我不知是从书里读到的,还是听见大人们讲的,每到大年三十的晚上,各方的神佛大仙都会下界,在人间行走,为人类解大难救大急。谁如果在除夕夜半,能爬过一百个菜畦,无论提什么要求,神们都会给予满足。那么爬一百个菜畦有什么难的吗?在白天干这件事很容易,到除夕夜可就大不一样,这时候天地间所有的孤魂野鬼,屈死的、冤死的、饿死的、吊死的都会出来找替身,菜畦就成了他们的聚会之地,一百个菜畦就如同十八层地狱,里面趴满断胳膊少腿的,缺脑袋短腔子的,开膛破肚的……还有各样的妖魔鬼怪掺杂其中,鬼哭狼嚎,狰狞可怖,爬畦的人能不被吓死就算命大,再能爬完一百个那真是福大命大,自会有求必应。我决心要为娘爬这一百个菜畦,白天在北洼已经看好了一片菜畦,数了数,一百个只多不少。

等到半夜,家家开始放鞭炮,煮饺子,我趁乱出了门,向着北洼一溜小跑,一出村子立刻像踏进了阴曹地府。想不到三十晚上的村里村外竟像阴阳两极,鞭炮声中的村子还有人气,一出村子就充满鬼气,阴森森的开洼野地如鬼府一般令人毛骨悚然，直觉得自己的头发梢突然都夯撒起来了，头皮一阵紧一阵麻，浑身像筛糠一样找到了白天选好的菜畦，闭上眼就拼命往前爬。

由于不敢睁眼，有什么样的妖魔鬼怪倒没看见，但听到了凄厉刺耳的怪叫声，还感觉有东西在抓挠我的胳膊、拉扯我的腿脚……我蒙头涨脑、惊惊吓吓地一通叽里咕噜、屁滚尿流，爬到畦头大喊两声："我要俺娘！我要俺娘！"然后撒脚就往家跑。

跑回家一头就扎到炕上了，贴着身子的衣服全湿透了，不知是汗，还是尿。连除夕夜的饺子也没吃，整躺了两天才缓过来神来，却并没有治好娘的病，来年一开春娘就去了。

幸福的童年稍纵即逝，就像一只小鸟飞向远方时，留下的只是一些梦幻的影子。

母亲去了天堂，母亲就是天堂。

颖影

倏忽，唐山大地震已经过去 30 年了！

南京的从军女士私人出资，准备拍一部六集纪录片《最后的女兵》，纪念她在唐山大地震中死去的六位女战友。其中年纪最小的只有 19 岁，年纪最大的甄颖影也不过才 23 岁，摄制组来天津采访我，就希望能谈谈她的故事。

30 年来我从未写过关于颖影的一个字，太过痛惜便不敢轻易触碰。20 世纪的 70 年代初，在天津市举办的一个文艺学习班上我结识了甄颖影。她身材高挑，眉目修长，脸上焕发着摄人心魄的清纯，漂亮得像一种文化，凝结了那个时代的美：军装、少女、率真、阳光。那个年代常有意想不到的事情发生，我本来是被叫来"掺沙子的工人作者"，突然变成"炮制大毒草的反面典型"，"兵的代表"甄颖影却公开表态看不出我的小说有什么大问题……她说得那样轻盈随意，一派单纯和善良，却并未给我帮上忙，反而给她自己惹了麻烦。这使我感激、感动和愧疚,便一直保持着联系。

她在唐山当兵,家却远在新疆,以后她每次回家或探亲归来,都以我的家作中转站落一下脚。有时她的父亲也直接给我来信,托付一些诸如购买《鲁迅全集》等我能办的事情。他原是中国军事科学院的高级干部,1969年为林彪迫害,发配到新疆。颖影当年只有16岁,却陷于"三无境地":无学可上,无工可做,无农可务。晃荡了近一年才弄明白一个道理,像她这种受排挤的部队干部子女,唯一的也是最好的出路还得去当兵。她的两个哥哥早已入伍,父母身边只有她和弟弟,弟弟尚小,父母自然对她这个聪颖漂亮的女儿格外珍爱,也觉得她年龄尚小,并未把她要当兵的事放在心上。况且他们刚到新疆,人地两生,也真没有办法能让她进入部队。

事情拖到1970年初,颖影突然急迫起来,不想无所事事地再继续晃悠下去。既然父母不管,就只有自己出去闯了。那天外面风沙很大,冷彻骨髓,她跑出去不一会儿就又回来了,说是拿帽子和手套。母亲笑了,就你这么娇气,还能去当兵?颖影将拿到手的帽子和手套重新甩到桌子上,反身又冲进风沙。她直接跑到乌鲁木齐火车站,掏出身上所有的钱买了一张到北京的车票。一上车就是四天四夜,由于她没有钱买吃的东西,就一直饿到北京,看着别人都下车她却从座位上站不起来了。好心的列车员把她架下车,还扶着她在站台上溜达了一会儿,为她买了点吃的东西,她才慢慢地能够自己走路。出站后就去找父亲在京的一位老战友,那位老首长看见她的样子,听了她的叙述,没有犹豫,没有推辞,很快就想办法让她穿上了军装,到唐山255医院当了一名战士。

她在伙房做过饭,在病房做过护理员……然而就是这样一个还不够入伍年龄的新兵,却很快成了医院的名人。她有着少见的开朗和自信,性格狷介,富有灵性,小小年纪竟写得一笔好字,还写一手好文章,很快被政治部发现,经常抽出去为医院撰写各类在那个时期不能不写的文章。逢年过节或部队发生重大事情,还要为医院编写文艺节目,如快板书、小话剧等等,有些还能在报纸上公开发表,这也正是她被选送到天津市参加文艺学习班的原因。她打篮球也相当不错,从科里打到医院,又代表医院到外地跟兄弟部队比赛……她是如此的多才多艺,却又有一种无邪的气质,她的生命仿佛是在自然地流露着令人心醉的芬芳。

有天晚上,她下班后和另一名女战士结伴回宿舍,在草木繁茂的小路上,一位领导干部跟上她们,像说暗语一样念了句自以为甄颖影一定能理解的古谣:"窈窕淑女,君子好逑。"在那个年代上级对女兵说这种话至少是很不得体,偏是那个时候社会上有种风气,上边的人可以很随便,乃至放肆,下边的人则要拘谨和紧张。女兵面对这种情况一般会有两种选择,接受领导的暗示,或装作听不见赶快跑开。另一个女兵正要这么做,却被颖影拉住了,她自恃见过世面,比这位"君子"领导不知高多少级的干部也见过,便理所当然地采取了第三种态度——顶撞:"这里没有君子和淑女,只有领导和女战士,而且你是有老婆孩子的领导,还想求什么?"

她的话随即被夜风吹散,医院的大院子里像什么事情都没有发生过。可从此以后甄颖影当兵的生活却变得艰难了,一切都是在不知不觉中改变的,她的处境掉转一百八十度成了医院落后的典型……上业务课,医生讲人的聪明和愚笨决定于大脑沟回,沟回多而深的人聪明,少而浅的人愚笨。那个时候全军都在学习马克思主义,谁都可以张口就能背诵几段,甄颖影下课后去请教医生,沟回的深浅和后天的实践,对决定一个人聪明与否各占多大比例。因为毛主席讲过实践出真知的话,马克思也说过搬运夫和哲学家之间的原始差别,要比家犬和猎犬之间的差别小得多……这可不得了,甄颖影傲慢无理,酿成了一场震动全院的风波。甚至在篮球场上,领队要求队员发扬"友谊第一，比赛第二"的精神，主动让球。甄颖影没有以任何形式表示反对，只是投球投顺了手，又将球投进自己的篮筐，那位"君子领导"便当众指责她顶撞领导，不准她加入共青团。

入伍三年，其他许多人早就是共产党员了，可甄颖影连团都入不了。1973年的春节，她给我来过一信，信上有这样一段话："有人老找我的碴儿，都是鸡毛蒜皮，我的一举一动后面都有眼睛盯着。因此我有一点小事处理不当，马上就传得全院都知道，直接影响入团、提干，比如衣服泡在盆里没有洗。我被抓了典型以后，天天挨批，大会小会都点我的名，搞得我大脑十分紧张。算啦，不费这个脑筋了，最近传说京津唐一带有地震，说不定什么时候就给震死了，省得啰唆。不过今天是大年初一，好像不该说这种不吉利的话。"

一个曾经那么阳光灿烂的女孩儿，几年的工夫竟变得如此消沉。她那么单纯，竟不能为环境所吸纳。然而，她的生命正因为沉重才有分量，医院的主要领导和她的科主任又非常赏识她，每年都有一种声音嚷嚷着要叫她复员，可每年她都走不了，直到她超期服役的第三个年头上，共青团终于加入了，提拔干部的命令也下来了。但命令尚未公布，她却接到家里电报，父亲病倒，希望她能回去一趟。

正好还有探亲假没用，部队便批准她立刻起身。

我在天津站接她，然后带她到劝业场买了些带给父母的东西，随即又送她到北京，买了当晚11时由北京发往乌鲁木齐列车的车票。

这是1976年的7月中旬，限令她归队的时间是7月29日。

她以往回新疆探亲都是坐火车，光在路上来回就需要一个星期。这次她的父母为了让她在家里多待两天——实实在在的就是两天，自己花钱为她买了26号下午的飞机票。她当天晚上到天津，住在部队的一个招待所。第二天上午，也就是27号，抱着一个哈密瓜到我家来，那时的哈密瓜还是新鲜物，我儿子兴高采烈地喊她姐姐。颖影纠正他，小孩子管解放军要叫叔叔，跟叔叔平辈的是姑姑，哪有管解放军叫哥哥姐姐的？儿子的理由很简单，你那么小怎么能当姑姑？因为他的姑姑年纪都很大。吃过中饭她就要回唐山，我说你的归队时间不是29号吗？我是老兵，对部队的规矩很清楚，她只要在29号晚点名之前归队就行。

她说自己现在的压力很大，父母之所以给她买了26号的机票，而不是27或28的，就是同意她提前一天回到医院，28号休整一下，29号一早就上班。我纠正她说，这不是提前一天，而是提前了两天。但没有再详细问她哪来那么大的压力，到底是什么原因让她的神经这么紧张？这个话题太沉重了，一谈开来免不了要发牢骚，而多年来我跟她的交往一直都很谨慎，怕自己身上消极的东西，乃至世故油滑的东西影响了她。何况我当时的日子也很不好过，1976年初在《人民文学》上发表的小说《机电局长的一天》，正在"全国范围内批倒批臭"。实际上我也真没有太多的心思管她的事，就直接送她去天津站，为她买了当天下午到唐山的车票。

也就在颖影回到唐山的当天夜里，唐山发生了7.8级大地震！

一场毁灭性的大灾难，人们念叨它好几年都没有发生，却在人们忘记它的时候降临了。跟唐山的通讯联络陷于瘫痪，只有谣传在满天飞……到震后的第四天，在亲戚和同事的帮助下，我用苫布在马路边搭起一个抗震棚，将妻儿安顿好，就进工厂打听消息。在那种乱糟糟的情势下，只有找到"组织"才能得到确切的消息。车间有人告诉我，交换台有我的长途电话，我跑到交换台，电话早就挂断了，我问是哪儿来的，接线员说这么乱谁还记那个，反正挺生的一个地方，平常不记得接到过那儿的电话……我一下子就猜到是谁的电话了，必是新疆甄颖影的父母。我即刻去求助一位熟识的火车司机。两天后的一个清晨，他带我搭上运送救灾物资的火车到了唐山。

作为一个城市的唐山已经不存在了，满眼瓦砾，空气中有刺鼻的臭味，大道边还摆放着许多尸体，解放军战士正用汽车将尸体运到郊外掩埋，天空偶尔会有飞机喷药……我一见这场面心就抽紧了，赶忙打听255医院。找到医院后又有点发傻，哪里还有颖影曾在信中描绘过的大医院，只有几间歪歪斜斜的破房子……我像疯了一样在废墟上东撞一头，西撞一头，见人就打听，最后竟幸运地问到了跟颖影同宿舍的一名战友。她告诉我颖影刚被扒出来的时候还活着，只是脾被砸裂了，跟着一大车伤员送天津抢救，车到汉沽因大桥震断无法过河，所有伤员都被安置在汉沽一所中学里，颖影因出血过多三天前已经死了……她还告诉我负责掩埋颖影的战士叫周黑子，以及他的部队番号。

我甚至没有来得及感谢颖影的战友，掉头就往回跑，跑到铁道边火车还是开走了。当时铁道没有完全修好，只能靠一条轨道单来单去，每天只能往唐山送两次物资，下一次就得到晚上了。人被逼急眼，就敢想敢干了，我拨头去到救灾部队的指挥部，到指挥部以后再找负责宣传的新闻干事，他叫马贵民。我报上姓名，幸好我有在全国被批倒批臭的经历，竟使他知道我的名字。我简单地讲了颖影的事情……马贵民没有多说话，却为我拦了一辆去汉沽的军车，临上车时还塞给我两个馒头。

到汉沽很容易就找到了周黑子，这个战士很朴实，曾在255住院做过手术，正是甄颖影护理的他。我说既然是你埋的她，可记得她最后的情形，留下过什么话？周黑子说，她就是老说累，到最后不行的时候说不能告诉她的家里，父母一定受不了，天津有个朋友姓蒋，让他想办法……这时候我的眼泪下来了，颖影啊，我若真有办法就不会让你出这样的事了！

眼看天快黑了，我让周黑子领着来到颖影的坟前。这是一片盐碱滩的高埠，蒿草荒烟，四顾阒然。颖影的坟堆不大，没有任何标志，周围零零落落的还堆着不少新坟。我再三叮问周黑子：你可记准了，这确实是甄颖影的坟！他说绝对没错，是他选的地方，他挖的坑，你看，这坟头上的一锹土里有马鞭草。甄护士非常漂亮，病号们都喜欢她，有人就为了她而泡病号，她的头发也很好……其实只要能做手术，有人给输血，她就不会有事……周黑子说着说着嗓子里也有了哭音。

将颖影入土为安，是一件恩德，我说了许多感谢的话，让他先走了。

盐碱滩上植物很少，附近有稀稀拉拉的几蓬蒿子和黄蓿，都没有花，远处倒有几墩红柳，柳梢上正顶着白色小花。

我走过去折了一大把，口袋里还留着一个馒头，一并献在颖影的坟前。随后自己也在坟边坐下来，心想应该好好陪陪她了，有些事情也还要跟她商量。我相信这时候我说什么话，她都能听得到。我怎么都感觉颖影的死是不真实的，很像一种艺术虚构。我讨厌这种阴毒丑恶的虚构，想还给颖影一个真实。

我很想大声在她的坟前致一番悼词，不能这么悄无声息地把她埋在这儿就算啦！我说，颖影，这里很安静，不会再有人来打搅你了，这个世界上也没有任何人能够再为难你和伤害你了。你也终于跟命运与环境和解了，不再有任何压力，又回到了生命的初始，而不是终结。你知道我有多么后悔吗？真恨不得撞你的坟头啊！不该呀，27号我就不该放你走，再多留你几个小时，你就逃过了这一劫。你的父母也不该让你坐飞机回来……你的命运中有着太多的不应该！但，我不认为你当兵当错了，生命本身就是一场充满意外的历险，以前你不是老在追求意义、制定目标吗？却没有等到能更多地了解这个世界，就匆匆告别了它。你救护过很多人，轮到自己需要救护时却没有人能帮你……咳，人的成长就是付出，没有付出的人生是苍白和浅薄的。所以，这个世界会记住你，所有跟你有过交往的人绝不会忘了你，你将永远活在美丽之中。颖影，你心质很特别，是个令人回味无穷的姑娘，你不仅容貌漂亮，心也漂亮，活得也漂亮。你的人生虽短，却饱满纯良，充满生机。只是对你来说，这儿太荒凉，太孤单了。但这儿的土质中盐碱成分很高，对你是一种保护，一时半会儿不会受损坏。相信我，我绝不会把你一个人丢在这荒滩上，我会选一个适当的时候把你送回你父母的身边，但不是眼下，眼下我没有这个能力，你的父母也未必会受得了……

不知不觉，身上有了潮乎乎的感觉，是夜里的露水下来了。天已经彻底黑透，荒滩上反不如白天安静，唧唧咕咕，闪闪烁烁，各种说不清的叫声和亮光都出来了，我起身跟颖影告别，答应明天一早再来看她。

我回到汉沽镇，汉沽盐场的工人作家崔椿蕃是我朋友，我敲开他家的门，人家都准备睡觉了。崔大嫂赶紧为我做饭，干的稀的有现成的，加热即可，然后切葱花炒鸡蛋，端到桌上一看，三个鸡蛋竟炒成了三张滚圆的鸡蛋饼，看着很精致，我舍不得动筷子碰它。老崔要往我碗里夹，被我拦住了，说这个炒鸡蛋太好了，留着明天上坟用。

第二天，老崔给我找出一块很厚实的长木板，怕墨水被雨水冲掉，特意又从别处借来白油漆，我用毛笔蘸着白漆写成了颖影的墓牌：

"中国人民解放军战士甄颖影之墓"。

旁边再加上一行小字："1953—1976"。

崔大嫂准备好了一兜子供品,除去那三张精致的鸡蛋饼,还有水果和一包蛋糕。老崔陪着我一人扛着一把铁锹,来到颖影的坟边,先给坟堆培土,把坟堆加大,做规矩。再将那块木牌竖在坟前,摆好供品。

这时,我站在颖影的坟前才可以说出那句话:"颖影,安息吧!"

生死传奇

一个晴朗的早晨,阳光透窗。98岁的国学大家文怀沙先生,其声其韵也像阳光一样舒展而健朗,通过电话正向我讲述一个沉重的话题:时间无头无尾,空间无边无际。人的一生所占据的时空极其有限,我们不知道的领域却是无限,对"无限"我们理应"敬畏"。生,来自偶然;死,却是必然。偶然有限,必然无限……

把他的句子竖排,就是一首诗。

我听着听着,心里泛起一股温暖,对这个生死的话题不再感到沉重,只觉得优美、深邃。这是一段当世的佳话,百年的传奇。文公口吐莲花,滔滔而出的也确是一首长诗,是写给他91岁高龄的"少年老友、老年小友"的林北丽先生。

林先生重病在床,自知来日无多。但病痛折磨,生不如死,便向文公索要悼诗,以求解除病痛,安然西去。

八十多年前，作为小姑娘的林北丽，曾在西湖边不慎落水，少年文怀沙冒死救她出水。那是"救生"，救她不死。今日却要"救死"，救度她轻盈驾鹤，死而无痛。

知生知死，死生大矣。刘禹锡说"救生最大"。今日文怀沙公，救死亦不凡！

能否救得，还需把话题拉开，交代一下他们的生死之缘。

1907年，国贼猖獗，局势险恶，"鉴湖女侠"秋瑾托付盟姐徐自华：倘有不测，希望能埋骨西泠。不想一语成谶。女侠就义后，徐自华多经周折，才按烈士遗愿将墓造好。并在苏、白两堤间，傍秋墓为秋侠建祠，取名"秋社"。1919年，年方9岁的文怀沙，随母亲来到杭州，拜母亲的好友徐自华为师，在"秋社"里学习经史子集、吟诗作赋。

不久，徐自华的小妹徐蕴华，带着女儿林隐由崇德老家来杭州，也住进"秋社"。用柳亚子的话说是"天上降下个林妹妹"。林隐10岁便有诗："溪冻冰凝水不流，又携琴剑赴杭州。慈亲多病侬年幼，风雪漫天懒上舟。"

文怀沙称其是由诗人父母"嘎嘎独造的小才女……"

由此，文、林两人开始结缘。后来日本侵华，徐自华去世，大家为躲避战乱，各自西东，一时间文怀沙便跟"秋社"的小伙伴，以及诸多亲友都失去了联系。直到1943年，正在四川教书的文怀沙,从南社领袖、国民党元老柳亚子写给他的信中得知,曾烈烈轰轰嫁给林庚白,并用自己柔美的右臂为丈夫挡过子弹的林北丽,竟是他儿时的小伙伴林隐……

这就又引出一个不能不提的人物——林庚白。其字"众难",自号"摩登和尚"。依此也可窥视其不同一般的风流才情。高阳曾这样描述他:"宽额尖下巴,鼻子很高,皮肤白皙,很有点欧洲人的味道。"辛亥革命后林庚白被推举为众议院议员,帮助孙中山召开"非常国会",领导护法。后因军阀破坏,孙中山愤而辞职,林也随之引退,重操老本行:研究欧美文学和中国古诗词。他本就擅长写诗填词,曾放狂言:"十年前,郑孝胥今人第一,余居第二。若近数年,则尚论今古之诗,当推余第一,杜甫第二,孝胥不足道矣!"

最为人津津乐道的是他精于命相学,曾出版相学专著《人鉴》。当时许多名流要人都请他算命,轶闻很多。如徐志摩乘机遇难、汪精卫一过60岁便难逃大厄等等,如同神算。当时上流圈里流传一句话:"党国要员的命,都握在林庚白、汪公纪(另一位算命大师)二人手中!"

他自然也要反复推算自己的命造,且不隐瞒,公开对友人说他的命中一吉一凶:吉者是必能娶得一位才貌双全的年轻妻子。此后不久,果与年龄小他20岁的林北丽因诗结缘，成为一对烽火鸳鸯。娇妻系同乡老友林景行的女儿，两人气质相投、词曲唱和，取室名"丽白楼"。可以想见，他们的闺中之乐甚于画眉。而他命里的一凶，则是活不过50岁。因此重庆的几次大轰炸，都让他十分紧张。1941年初秋，他发现了一线生机，到南方或可逃过劫数。于是携妻南避香港。不想日军偷袭珍珠港，战火烧到香港。同年12月19日傍晚，日寇的子弹穿过林北丽的右臂，射中林庚白的心脏，年仅45岁的诗人竟真的倒下了。

丈夫下葬时林北丽写了一首祭诗："一束鲜花供冷泉，吊君转差得安眠。中原北去征人远，何日重来扫墓田。"

此后她辗转又回到重庆。文怀沙知道了这些情况，便立刻赶去重庆看望她，两人相聚一个月，分别时文怀沙留诗一首："离绪满怀诗满楼，巴中夜夜计归舟。群星疑是伊人泪，散作江南点点愁。"

解放后林北丽出任中国科学院上海分院图书馆馆长，编纂校订了与丈夫的合著《丽白楼遗集》23卷。1997年，文怀沙从北京南下上海，为林氏一门三诗人的合集《林景行、徐蕴华、林丽白诗文集》作序。文、林两位白发堆雪的老人再次聚首，细述沧桑。

事隔11年，文老先生突然接到林北丽老人从医院的病床上打来的电话,要求在还活着的时候见到他为自己写的悼诗……这样一位才女,已经活成了一部传奇,死也必定不俗。所幸知心赖有文怀沙,这恰好也可成全文公的智慧和才情。

心悲易感激,俯仰泪满衿。接近百岁的文公,焦肺枯肝,抽肠裂膈,却压抑着自己的悲怆,寻找着能说透生死的方式。林北丽这样的奇女子,已经透彻地理解了生的意义,她不会惧怕死亡,只惧怕平淡无奇地死去。

因此靠哄劝没有意义,他的悼诗不是救她不死,而是送她死而不痛,护卫着她的芳魂含笑九泉。这比"把死人说活"还难!文公长歌当哭,当夜一挥而就:

老我以生,息我以死

生不足喜,死不足悲

不必躲避躲不开的事物

用欢快的情怀,迎接新生和消逝

对于生命来说,死亡是个陈旧的游戏

对个体而言,却是十分新鲜的事

……

生命不能拒绝痛苦

甚至是用痛苦来证明

死亡具备治疗所有痛苦的伟大品质

请你在彼岸等我,我们将会见到生活中一切忘不了的人

……

一百年才三万六千天,你我都活过了

三万天,辛苦了,也该休息了

结束这荒诞的"有限"

开始走向神奇的"无限"

我不会死皮赖脸地老是贪生怕死

别忘了,用欢笑迎接我与你们的重逢

在哲学意义上真正活过的人,曾热烈壮丽地拥抱过生命的人,就会有这种智慧和勇气,从容面对死神,跟生命说"再见"。真正的死,是因死而不死。不是哭天抢地的惧怕,也不是无可奈何的垂死。一般人只意识到死的空虚,所以才惧怕。看透生死的转化,死是今生不可缺少的一部分。"如果死亡是黑暗,可以武断:黑暗后面必然是光明。"还有何惧哉?

人在临终时多不流泪,哭泣的是别人。这说明死亡有活人所不知晓的快乐和平和。幸福的人是活到自己喜欢活的岁数,而不是别人希望他活的岁数。死生本天地常理,

文怀沙老先生经历百年沧桑，参透了生死，其情其诗足以惊天地而泣鬼神，还愁不能慰藉一个智慧而美丽的灵魂吗？

一个月后，林北丽老人怀抱文公的悼诗，安然谢世。于是成就了一段百年佳话，生死传奇。

秦征轶事

马来西亚华文作家协会戴小华会长来大陆访问结束后，经北京机场回大马。就在等候办理登机手续的时候从杂志上看到一篇我的散文《精卫的震撼》，竟像我一样也被精卫所"震撼"，随即改签机票，登车到天津火车站，仔细欣赏了天津站大厅的近600平方米的穹顶油画《精卫填海》。然后找到我，兴致很高地打问赋予了此画灵魂的主要创作者秦征的情况。我告诉她，此公是位传奇人物，13岁参军，14岁成名，一生经历丰富，波澜壮阔，当然也是中国油画界的重量级老画家。

秦征1957年毕业于中央美术学院马克西莫夫油画班，其毕业作《家》引起画坛轰动，被选送到莫斯科参加世界青年美术作品展，一时好评如潮。创作的突出反招来厄运，随之被打成"右派分子"。"改造"了20年之后重登画坛，曾出任中国美术家协会副主席、常务书记，现任天津美术家协会主席、天津美术学院教授。秦公的故事很多，眼下正值反法西斯战争胜利61周年，不如就讲个他过去的小故事。

1937年7月，秦征考取了河北保定育德中学，兴高采烈地回到家，喘息未定，骤然晴空霹雳，传来日寇进攻卢沟桥的隆隆炮声。13岁的少年激愤难挨，和几个同学一商量便投奔了抗日部队。

秦征成了一名"小八路"，顿时就觉得自己长大了。但参军后并未立即赶上战斗，不能真刀真枪地跟日本鬼子干一仗，心里有股火憋闷得难受，似要爆炸开来。他灵机一动便找到白灰、锅烟、红土，外加一罐坑水，当即在大街的土墙上用刷子和布团绘制了一幅壁画：《大刀向鬼子们的头上砍去》。

不料此画竟成了军民高涨的抗日情绪的燃点，人们在画前宣誓，部队在画前出发……就是这幅画，彻底改变了秦征的人生轨迹。自那以后，部队每到新的驻地，凡写标语、绘壁画、制作宣传材料之类的任务总是指派他去完成。

他也总能多姿多彩、花样翻新地完成任务，这无疑极大地激发了他潜质里的绘画天赋，遂和绘画结下不解之缘。他无时无刻不处在一种学习和摸索的状态中，向战争学习，向生活学习，向环境学习，向一切所能遇到的能者学习，其中有民间艺人也有绘画专家。学以致用，举一反三，战争逼着他早熟早悟，大省大悟。

1940年"百团大战"前夕，秦征结识了刚刚从延安来到华北抗日前线的老木刻家沃渣，很快就用钻头和钢条自制了一把木刻刀。待战斗打响后，他目睹了平山妇女担架队冒雨强渡滹沱河的惊险场面，女队长因打摆子发着高烧，却背起伤员率先踏进湍急的河流……

当夜他就作了《妇女担架队长》的木刻，发表在第二天的《支前战报》上。一时间竟对当地的青年妇女产生了想象不到的影响，各村庄接二连三地组织起青年妇女救护组、军鞋组和支前担架队。那个年代，人们同仇敌忾，随时处于燃烧或准备燃烧的状态。一幅画、一首诗、一曲歌，都足以激发出现在的人难以想象的热情和力量，因此艺术作品就能得天独厚地直接转化为战斗力。

那一年，秦征只有16岁。而那幅木刻，也成了那个年代的美术作品中的经典之作。之后，他的画笔和刻刀，像指向敌阵的枪口一样进入喷射状态。除去行军打仗，连吃饭和睡觉都要服从于创作，在土产毛头纸上，在木板上，在墙上，在队伍经过的大道边……他燃烧着自己，也燃烧着所有见到他的作品的战士和百姓。有些作品能发表在报刊上，就流传得更广，被其他部队的战报所转载，遂得以保存下来。

后来变得非常著名的作品有:《夏锄》《军民秋收》《号角》《上前线去》……至今看来,这些作品仍然具有奇异的艺术冲击力,给人的感觉是新奇,而不是陈旧,看着它能灼你的眼,烫你的心。

1943年初冬,秦征受命参加了一个文艺小分队,每天都要行军百八十里,穿行于敌占区,宣传群众、动员群众,配合大部队的冬季反扫荡。这支小分队的队长是边区群众剧社社长王雪波,队员有五个人:封立三、张利民跟队长一起演一出小话剧《苦肉计》;颜品祥和王莘(后来创作了《歌唱祖国》),负责作词编曲,现场教唱;秦征的节目压大轴,名曰"唱画"。其实就像"拉洋片",在糊窗户纸上作画,用黑墨勾出线条,点染红、黄、蓝三原色,远看十分醒目。用两根荆条棍一夹,他往台中央一架,敲锣打鼓,连说带唱:

哎——
乡亲们看来这头一篇,
日本鬼子扫荡进了太行山,
人困马乏缺粮又断水,
两眼发黑嗓子要冒烟,

耳听得山泉叮咚叮咚响,
呼啦啦抢水挤成一团,
轰隆隆、轰隆隆,踩响了地雷连环阵,
东洋兵血肉横飞就上了西天!

一幅画就是一个故事,通俗好懂,朗朗上口。他连比画带说,说到兴致上来还可以唱上两口,总能博得阵阵笑声和掌声。

不知道世界上还有没有第二个画家,曾天天办这样的"画展"？秦征在唱画说画的过程中,加深了对绘画的理解,也包括对战争和人的理解。

在潜江读曹禺

近年来随着"文化热"的升温,名人的故乡也多了起来。目前已有三个省的三处地方均自称是老子故里,曹雪芹故乡则是三省四地,而李白故里竟增至两国四地……"人挪活",谁不是从居无定所的原始状态进化而来?但故乡是生命之根。曹禺出生于天津,其远祖也是从江西南昌宦游到湖北潜江,并定居于此。待年深日久,其故乡何处说不定也会成谜。曹禺之幸,在于离世前7年,便亲笔写下了:"我是潜江人!"

1989年11月5日,趁潜江"曹禺著作陈列馆"开馆,他派夫人李玉茹到场献上了自己的题词:"悠悠白云,故乡情切。"让女儿万方临场宣读了《我是潜江人》的亲笔长信:"多少年来,我像一个没有故乡的人。我走过不少地方,没有一处使我感到这是我的故乡,是我的父母之邦……我从来没有到过潜江,但是近八十年了,我认为我是潜江人,这种贴心的情感……像是其中有血与肉的联系。"潜江,楚文化的发祥地,北枕汉水,南接长江,东临仙桃通武汉,西靠荆州达宜昌,正是江汉平原腹地。此地有曹禺也是一幸。近几十年来,潜江又陆续建起了曹禺公园、曹禺广场、曹禺陵园、曹禺戏楼、曹禺纪念馆……城市的文化面貌正因曹禺而发生变化,而曹禺在家乡也有了最完整、真实的展现。令许多曾不止一次看过他的几部经典大戏、自觉对他有兴趣且绝不陌生的人,也感到惊异,会情不自禁地举一反三,深长思之。

曹禺的个人生活很马虎,戏剧学校搬到四川江安后,他晚上写作,白天给学生上课,有时课正讲到兴头上,老鼠从他的脖子里爬了出来。其实老鼠早就钻进他的棉衣里,穿衣服的时候他竟全然不知。当时他家里的地上全是手稿,老鼠没有把《原野》吃掉,已属万幸。一次在公众场合他忽然觉得自己的胳膊很凉,那时候穿衣服,里面会有一件厚点的,外面罩件大褂,原来他出门穿衣服时没有把里面厚衣服的袖子穿上。为此他毁了自己才子佳人型的因戏结缘的第一次婚姻,太太爱干净,管他又不听,就连让他洗澡这样的小事都别别扭扭,他用脚把水搅得哗哗响,从外面听声音像在洗澡,其实他在里面捧着本书看入了迷。

就是这样一个自己不修边幅的人,却能指导专业演员化出精致的戏妆："你知道搽粉应该从哪儿开始？脸的最高点——鼻子。"一个在生活中看似糊里糊涂的人，对待创作的态度却极端严谨、勤奋、精细，大到结构、人物、情节，小到每一句台词，每一件道具，无不潜心设计，所以《雷雨》的问世成了"中国话剧成熟的标志"。有的导演在排练时想删掉某个部分，他的感觉就像是自己的心脏被拿掉了！他常说，戏剧效果不是现场的热闹，而是观众离开剧场后的思索。"戏演完了，人散了，我甚至爱那空空的舞台……戏比天大，院比人大！"在创作选材上更是决不马虎、决不迁就，1980年代初，社会问题剧非常受欢迎，有人劝正处于"创作苦闷期"的曹禺不妨一试。他却断然拒绝："戏不能这样写，要写人，写人生，写人类。我的戏绝不是社会问题剧，是一首诗。""我的作品是用感情写出来的，我是一堆感情。"他是一个为戏而生，自己也一身是戏的人。追求生活简单，是不想让任何享受成为自己的负担，所有那些生活中的邋遢趣事，都是对创作的一种成全。

　　曹禺性格中的"两极"特点，还体现在对别人随和，对自己苛刻。在戏剧界他是出名的"三好先生"，别人演他的作品总是说赞扬的话：导演好，演员好，舞美好。碰上实在不满意的顶多就是叹叹气："你讲的比我写的好"——还是绕着弯子说句好话。钱谷融评价他："人太好，总是说好话，善良人。"他的基本做人态度就是"诚恳、歉疚、自责"。1942年用一个夏天改编巴金的《家》，是非常成功的，巴金在桂林读完手稿极为赞赏他的才华，称其是"真正的艺术家"！然而曹禺在提到巴金时常挂在嘴边的是"我不如老巴"。曹禺晚年泪多，潜江花鼓剧团进京，演出结束后他激动地走上舞台，放开嗓子大喊："老乡见老乡，两眼泪汪汪！"见老乡是可以堂皇放开泪闸的机会。话剧舞台上有口皆碑的传奇人物于是之过60寿诞，曹禺即兴题词："初望殿堂，但求平正。既知平正，务追险绝。既能险绝，复归平正。往复追寻，渐悟妙境。思虑通审，志气和平。风归自远，才见天心。求艺无垠，可胜言哉。"这何尝不是他想要的境界？自况中不无钦羡。

　　其实，曹禺有一部《雷雨》就足以不朽，何况《雷雨》之后还有两三部好戏！在中国文化史上，有些巨匠就是以一部，甚或半部经典传世。看看潜江修建的七个纪念曹禺的建筑物，是当地最有品位，也是最吸引人的景观，就可证明这一点。曹禺最终能魂归故里，何况是这样一个丰富而深刻的灵魂，被故乡如此隆重地敬奉着、纪念着，是个巨大的福报。利用第二次世界大战的机会，印度的民族解放运动高涨，想摆脱英国近200年的殖民统治，有记者问当时的英国首相丘吉尔："莎士比亚与印度哪个更重要？"丘吉尔随口说出了那句著名的话："宁可失去50个印度，也不能失去一个莎士比亚！"这不是对印度的蔑视，而是对可遇不可求的文化巨星的崇敬。没有这样的巨星，人类便不能进步，他们的光芒照耀和滋养着一个民族乃至全人类的精神。正是潜江，将曹禺和楚风汉韵连接起来，实乃文化之福，潜江之福！

武夷灵人

吸引我去过三次的胜地有两处：泰山和武夷山。

泰山是一座圣山，一座古文化大山，抚育了文化巨人孔子，震慑着历代帝王，俯瞰着整部封建史的演进。武夷山不是一座山，而是一片山水，荟萃千山之秀，博采万水之美，朱熹在此完善了理学，成为当时中国东南部的文化学术中心。

一南一北，两座文化高峰，相应相对。

奇山养育灵人。现在想来，我三上武夷山似乎就是为后来要结识一位灵人作铺垫。武夷山流传着许多古代神奇的文化传说，我相信现代武夷山的丹山碧水间也会隐藏着一些传奇人物，缘分一到自然会相遇。

前不久，中国作家协会应台湾高雄市文艺协会之邀，组成了一个赴台的作家访问团。按惯例成员理应都是作家，却意外地多出来一位画家，他是武夷山画院的院长蒋步荣。

且不来北京跟大家聚会一起后同机出发,而是到香港再跟我们会合。我感到新奇,因之也对此姓此名有了更多的兴趣和猜想。此公特立独行,卓尔不群,莫非很怪?抑或架子太大?

相见之后,才发现蒋先生非但不怪,简直可以说太平易谦和了。一副中规中矩的老派学者风度,逊顺谦恭,温厚慈良,年已66岁,却像一精壮的中年人,黑发浓密,面肤微红,眉重目朗,嘴阔唇厚,脸上凝贮着一团友善的静气。我们"两蒋"一见如故,话题从武夷山开始,然后天上人间,五行八作,滔滔荡荡,顺流而下,谈至夜深,兴犹未尽。此后的10天里,我们在台湾同出同入,一起参加各种活动,彼此间的了解也就更深入了⋯⋯

蒋步荣这位作家访问团里的唯一画家,在台湾受到了特殊隆重的欢迎。原来他前不久刚拿出五幅作品义卖150多万新台币,全部捐献给台湾的慈善事业,成为佳话轰动一时。在林边乡的一次义卖会上,竟创造了万人空巷的盛况,如此一位声名赫赫的人物,在台湾所到之处自然格外受人瞩目,被人崇敬。随之而来的就是向他求画的人也特别多。

最难得的是蒋步荣先生没有半点架子,毫不矜吝,几乎是有求必应。我们的活动日程安排得相当紧张,蒋先生在外面随大家奔波一天,回到下榻的地方不论多晚,都要运笔走墨,把答应人家的字画做好。游览台湾岛最南端的垦丁自然公园时,我们到晚上9点多钟才下榻到青年活动中心,主人早有准备,拿出十几幅白扇子面,请蒋先生在上面做画题诗。

他熬着酷热,挨着蚊叮虫咬,听着同伴们的鼾声,画到第二天凌晨3点钟才算完成任务。小睡一会儿,7点钟又跟着我们一块儿出发了。

每有严肃的会见、座谈等礼仪场合,他总是甘陪末座,静听静思,从不抢话争锋。由此可见先生的品格学养之一斑:好善敦伦,诚直敬慎。

真是灵人异相。蒋步荣貌极厚实,心里却灵气浮动。外表平易和礼,谨龠不争,但他的沉静里潜藏着惊人智慧和巨大的能量,看他的字画,读他的诗词,最能强烈地感受到这一点。

一幅人见人爱的《布袋僧》,又称"大肚弥勒佛"。大腹便便,其笑融融,倚杖提袋,慈颜祥和,在画面上磅礴着一股大超越的力量,虚灵空澄,浑厚融圆。把佛的智慧具象化,且朴茂天成,蒋步荣为自己的画题诗:

布袋僧,袋空空,随身布袋储清风。
风是玉粒粮千廪,又是甘泉饮不穷。

布袋乾坤无饥渴,又能防暑御寒冬。

任西东,意从容,沐雨栉风万里蓬。

……

蒋步荣为什么爱画布袋僧?有时他也自称是"无争无求汉"。

他从7岁开始学画,拜清末的老秀才吴秋香为师,不仅"从芥子园入门,三希堂取法,上承唐宋画学,下继明清绘艺",攻习山水人物花鸟虫鱼。同时还向声律诗韵学步,国风雅颂,唐宋诗词,遍览通读,打下了坚实的古文根底,以诗入画,以画咏诗,渐渐形成将诗书画融为一体的风格。既有前人风范的沉淀,又是自己人品、画品、文品的凝聚。

1949年,为了配合南下大军解放福建,他和一批热血青年毅然投笔从戎,上山打游击。待到全国真的解放了,他所参加的地下党"中共城工部",却莫名其妙地被打成反动组织,他也随之成了"特嫌分子"。1957年又被定为"不纯分子",开除公职,送去劳改。"文化大革命"中新老账一块儿算,他是"双皮老虎",跌进炼狱。

他却问心无愧,可以"穷愁不潦倒,危难不轻生"。但三十几年的坎坷跌宕把身体折腾垮了,胃痛、腿肿、头眩、心跳……通身无一处好地方,无时无刻不在病痛的折磨之中，而且还不能去检查和医治，每天仍要干许多连健康人也难以承受的苦役。单是肉体折磨已难以支撑，精神上还要承受着一份苦难，他曾被逼迫爬到电影院墙头的最高处，抡锤砸掉自己亲笔题写的电影院名号。每个字都有半人高，他才知道消自己的"毒"可比当初"放毒"困难多了。

他的书法是从"二王"（羲之、献之）入手的，也深研过颜（真卿）、柳（公权）、欧（阳询）、苏（东坡）、赵（松雪）；虞（世南）、何（绍基）、郑（板桥）等法帖，涉猎秦篆、汉隶、魏碑、馆阁诸书法，熔各家书艺于一炉，自微至精，破法有法，纵横有托，自立风骨。如果说普通百姓对他的画好在哪里看不出多少门道，他的字写得好却是人人都能看得出来的，即使看不出更深的门道，至少能看出笔画有劲、浑实、骨架戳得住，好看耐看。因此求他写字的人和单位很多，单靠他自己把那些字都砸烂、清除，真是谈何容易？

他砸得头昏眼花，一脚踏空竟摔得筋断骨折，昏死过去。此后，他的状况愈来愈糟，甚至在烈日暴晒或高台、田头的批斗中也会经常晕倒。似乎真的像"革命派"咒骂的那样，他要"寿终正寝，死有余辜"了！

横逆其来，他写诗自况："连台悲剧演难收，一幕残春一幕秋。"

他也在等待着自己人生的最后一幕降落。命运恰恰在他陷于绝境的时候又出现了转机，"大革命"对他的迫害升级，押送他去偏远荒僻的岛石大坑插队落户，终生接受强迫性劳动改造。"革命派"以为对他判了"死刑"，对他的监督反而放松了。当地的"贫下中农"们，自己的日子过得也相当艰难，没有多少闲心管他，于是他有了一定程度的自由，就不甘心"坐以待毙"了。

以往，道家常结庐于高山流水、深谷密林之中，通过内修外练、服气餐霞以求"长生不老"之术。"长生不老"没有见过，强身健体确是可行的。蒋步荣开始练"五禽功"。厄运频临，涵养了他的气度，穷山恶水，强化了他的个性。他为自己制定了养生的十二字诀："虚心实学，持志坚忍，慎言善行，好义克欲。"每天夜里，他点起煤油灯，结合"五禽功""禅坐功"和"站桩功"写字绘画，在书画中练功，在练功中做画。

年长日久，他的身体果然奇迹般地强壮起来，如脱胎换骨一般，自觉诗书画的境界也不同以往了。不论环境如何险恶，只要他愿意，随时都能高度集中自己的意念，干自己想干的事。他画梅，恣肆峻拔，沉雅浑朴，并以梅自比："梅树春寒不吐芽，横枝竖干乱交加。纵然终岁冰霜凛，我仍高昂自放花。"

轩昂坦荡，刚毅发强，将情怀胸臆寄于诗画。他喜欢画怒兰、怪石、"岁寒三友"。他画竹，鲜健挺秀，淡逸中透出铮铮硬骨，并题诗云："昨夜东风过雪山，庭前又见笋成竿。亭亭高节凌霄起，誓向天公斗恶寒。"

可谓因祸得福，正是在这绝望之中，却时有妙思佳构从蒋步荣的大脑中溢出。

他在苦难中练成的这身功夫，也令他后半生受用无穷，不仅成为他晚岁健康长寿的秘术，也使他的诗、书、画和工艺品创造在"文化大革命"结束后终于迎来了一个巅峰期……

"中共城工部"的冤案平反，紧跟着蒋步荣身上的一切污垢全被洗刷干净，恢复党籍，出任武夷山管理局副局长，又成了国家的"宝贵财富"，被明令"抢救使用"。即使别人不"抢救"他，他自己也要"抢救使用"自己的艺术抱负和灵感了。

每一个艺术家都有自己的黄金时期，即创作高峰期，蒋步荣准备了大半生，到晚年才等来了这个时期，有一种"待到黄昏抢一景"的紧迫感，调动起生命的全部潜能，一发而不可收……

他的《长城万里图》就是在张扬一种强大的生命力，画面上有一股雄盛的气势破墨而出，峰峦舞动，长城如练，意象奇诡，游放从容。而《武夷山水》是表现大自然生命之脉的律动，却能让人立刻沉静下来。东南奇秀，神会造化，气象恢弘，苍润灵逸，熔铸自然，纵身大化。无论是他的绘画还是他的书法作品，都透出整体上的诚恳和古拙，"诚则明矣，明则诚矣"。韵在意中，意在形外。

蒋先生不仅诗书画俱精，在十几年的工夫里还创作了近万计的雕刻艺术作品，享誉国内外。接近老年，他的艺术生命全面开花了，武夷山赋予他的才智和灵气也得以淋漓尽致地喷发。

武夷是奇山，自然会出此灵人。蒋步荣先生总算没有辜负"奇秀甲于东南"的智水仁山。我想武夷山也会为他感到欣慰，感到骄傲。

国凯师兄

　　我一向称呼陈国凯先生为大师兄。1980年,我到北京文学讲习所进修,秦兆阳先生只带两个学员,选中了陈国凯和我,他比我年长两岁,自然是师兄。其时他已经是广东省作家协会主席,我仍在工厂里卖大力气。他进工厂的时间也比我早,只不过他干的是令人艳羡的电工,我干的是"特重体"锻工。1978年他以《我该怎么办?》摘得全国优秀短篇小说奖,到第二年这个奖才落到我的头上……无论从哪个角度说,他都是我的大师兄。

　　从文讲所毕业后,国凯师兄的创作进入井喷状态。《代价》《文坛志异》《好人阿通》《大风起兮》等长篇小说相继问世,还有数十本中短篇小说集,获奖无数。就在他正处于人生和创作的高峰时期,于20世纪末突发脑溢血。这是大病,十分凶险,但师兄福大命大,硬是挺了过来,我得到消息便立刻启程去看他。以往我们每次见面,都有不少话题要谈，交换各种信息，询问或讨论一些两个人都关心的事情……我只要南下广东，一个必不可少的程序就是看望国凯，有时纯粹是为了看望他才寻机南下的。他经历过生死挣扎，终于大难不死，师兄弟再次重逢，自然都装着一肚子的话要说。他表达的欲望也很强烈，但每次张口都急半天才能吐出一两个字……我为他难受，从包里翻出纸和笔递给他，他吭哧瘪肚地又说又画，却仍旧不能将自己要说的话表达清楚，便愤怒地丢掉笔，闭上眼睛，不再出声。

我在旁边更着急，不敢再向他提任何问题，也不知该怎样自话自说，只能默默地看着，心里难过，百感交集。想想国凯师兄的语言智慧，以前在文坛上是有一号的。在一般情况下他绝不会主动说话，总是一副心不在焉的样子，正是这副沉默的样子，反而让人感到亲切,觉得他离你很近。当他必须开口讲话的时候，却突然会令人感到一种陌生、一种神秘，明明是近在眼前的他反而离你很遥远了。有很多时候他的话令北方人听不懂，也可以让南方人听不懂，口若悬河，滔滔乎其来，却没有人能知道他在说什么。只听到从他的嘴里发出一串串的音调、音节，以及富有节奏感的抑扬顿挫……有人说他讲的是古汉语，有人说他讲的是正宗客家话。这也正是国凯的大幽默。

我跟他相交几十年，却从来没有语言交流上的困难。我们一起去过许多地方，记不得和当地的作家以及文学爱好者们举行过多少座谈会，也从没有发生过语言交流上的困难，即便有个别的词语别人听不清，我在旁边还可以做翻译。他在国外也曾一本正经地讲演过几次，莫非是依仗上帝的帮助才博得了理解和喝彩？那么奥妙在哪里呢？他想叫人听懂，别人就能听得懂。他若不在意别人是否听得懂，便会自然发挥，随自己的方便把客家话、广州话、普通话混成一团，似说似吟，半吞半吐，时而如水声潺潺，时而若拔丝山药……不要说别人听不懂他在说什么，就是他本人那一刻也未必真正闹得清自己在讲些什么。这可以说是国凯师兄的绝活儿，朋友们都格外喜欢他这个特长，一碰到会场上沉闷难挨的时候就鼓动他讲话。

一个有着这般出神入化的语言能力的人，真的从此就不再发言了？不久，国凯师兄由家人陪同来到北京，住进一家很不错的康复医院。此院有一科，专门训练失语病人恢复说话能力，医生对他做了全面检查后很有信心，认为他的失语状态并不严重，经过训练可以恢复正常的语言交流功能。然而谁都没有想到，国凯兄不配合，拒绝接受任何训练。家人劝不动他就求助于我，起初我也相信自己有这个面子。许多年来我们彼此尊重，遇事都是先替对方想，何况这是好事，我想他对这种训练比我们任何人都更迫切，绝没有理由驳我的面子。

但真正一谈到这件事，才知并不如我想象的那般容易。任我磨破了嘴皮子，他始终一声不吭，我把能想到的关于语言对于一个作家的重要性，重复了一遍又一遍，最后归结到要开始训练时，他却毫不犹豫地摇头拒绝。最后逼得我不得不央求他："国凯呀，我可以想象你心里一定经历了别人没法理解的创痛，或者叫悲苦，甚至是绝望。可吉人自有天相，大灾大难不是都被你挺过来了吗？现在只不过是学学说话，医生都打了包票，你又何必不配合？即使你不想说话，别人还想跟你说话、听你说话哪，你也要替家人替朋友们想想啊！你我兄弟几十年，从来都客客气气，不驳对方的面子，就算我求你了行不行？为了我们老哥俩今后还能像过去那样海阔天空地瞎聊，还能一起去参加活动，开会发言，说说笑笑……"我越说越急，不知怎么声调中竟有了哭音儿。国凯猛地站了起来，嘴唇动了动却没有出声，反倒闭上了眼睛，有泪珠从眼角溢出，并坚决地冲我摆了摆手。我起身抱住了他。从那以后，就再也没有劝过一句让国凯师兄接受训练的话，并经常用一句"顺其自然"的话，解劝国凯夫人。既然不接受语言训练，国凯在北京康复医院再住下去就意义不大了，没过多久他们便回到广州。

一晃又是几年过去了,国凯师兄如今"自然"到了什么程度呢?我很想念他,这种想念是被一个人的魅力所吸引。人的谜一样的魅力取决于精神世界的丰富。师兄陈国凯正是具备这种魅力的人,有一个现象或许能说明这一点。他身材比我矮小,体格比我瘦弱,眼睛又高度近视,总给人以迷迷瞪瞪的感觉。可我们两个人下饭馆,服务员总是把他当老板,把我当成他的部下或保镖一类的人物。足见他骨子里有一种东西,或者可以叫作气质,天生就是我大师兄。去年初冬,我借去珠海公干的机会,专门绕道广州看望了他,可用四个字形容我刚见到他时的惊讶:"焕然一新"。

过去他有两样标志性的东西,一是满头蓬乱的浓发,因其身材瘦弱,总给人以头重脚轻之感。如今剃掉了满头的"烦恼丝",以光头招摇,透出一种短平快的飒利劲,整个人都显得匀称而精干了。他的另一个标志,是两个厚瓶子底般的黑框眼镜,把脸也衬得又黑又窄,棱角嶙峋,显得过于老气。现在摘掉了那副大眼镜,脸被凸显出来,变得白净、圆润了许多,看上去倒年轻了。以前那个邋邋遢遢、迷迷糊糊的大师兄,今天变得干干净净、清清爽爽,脸上洋溢着喜悦。我由衷地为师兄高兴,心里却不无惊诧,总觉得这不再是过去的那个陈国凯。我们之间表达相见的喜悦，不再需要语言，有音乐就足够了。国凯走过去，熟练地打开一道道开关，房间里立刻弥漫开美妙的乐声，从四面八方、从脑后向你的心里钻，向你的灵魂里渗透……

家人说他在听音乐上花的钱，足可以买辆宝马汽车。一排复杂而气派的音响设备占据了大半个客厅，后面垂挂着各种型号、各种颜色的电线，粗粗细细，结成发辫，扭成一团。国凯夫人告诉我，这都是他自己到商店里选购的，大件东西商店里管送，小件就自己拎回来，然后自己组装、调试。我甚是好奇："他不说话又怎么能做到这一点呢？"他的夫人含笑摇头："我也不知道他是怎么办到的，因为他从来不运动，所以我就不干涉他逛商店，就权当锻炼呗。他现在奉行'三不主义'，第一是不运动，第二是不忌口，想吃什么就吃什么，以前不爱吃肉，现在却专爱吃肥肉，第三是不听话，不管好话坏话全不听，只听音乐。"

如此说来国凯师兄倒是活出味道来了，这未尝不是一种强大。音乐和旋律既能把生命引向深奥，又可以让人的感觉和理解力变得奇妙而迅捷，我忽然觉得国凯师兄仍然有一个豪华的精神世界。听着曼妙的西方古典音乐，我走进他的书房，见写字台上摊着一堆稿子，原来他正在校改十卷本《陈国凯文集》的书稿。地板上铺着一幅大字："人书俱老",运笔流畅,苍劲有致,上款题字是"子龙弟一笑"。这是提前就为我写好了,我果真笑了。对他说:"能写出这句的人至少智慧不老,你到底是我的大师兄呀!"

2010年底在《南方日报》头版看到消息,广东省人民政府授予陈国凯先生终身成就奖。真为他高兴,为他祝福!

沧海大和尚

好一个沉静的大和尚！硕大而浑圆的光头，重眉敛目，神定气清，一袭青衫，束身长坐。窗外月光如水，泻进禅房，深秋的辽宁千山，已寒意刺肤，凌晨待裹被而眠的同伴被冻醒后，看见沧海依然在打坐，双目微闭，面色红润，大汗淋漓……

在《沧海速写》中还记载了这样一段佳话，己丑八月吉日，沧海在陕西终南别院巧遇本如法师，是夜随法师登终南山，凭虚御风，聆听天籁，抵达净业寺后，沧海连画十幅小品以奉法师，并依次题跋。其中一幅有这样的句子："日落月高，灵犀一点，闲唤神雕去来，一入终南万虑空。"应寺内僧人所请，与法师月下一同泼墨，挥毫直指，尽去墨碍，乘兴合作了几帧大画。翌日，沧海与法师同往净业寺前殿礼佛，佛事毕行至半山，法师道：神雕来也。沧海举目上望，林梢空阔处果有二雕盘旋，经久不去，犹有相送之意。

　　写到此,你道沧海是僧?是俗?其大名尹沧海,相貌很像世人心目中的大和尚,甚至比和尚还更像和尚。舒朗平阔,峻崎恬淡,骨子里散发出一种出家人的气息,凝重少语,性净空明。但目前他的真实身份还是南开大学教授兼书画艺术中心主任、清华大学国画名家工作室导师……甚至还挂着一堆诸如"博导、院长"之类的头衔,却经常往来于各大丛林,与诸多高僧大德相交甚厚,有个阶段他甚至真想出家,多次上九华山,每次上去都不想下来,最后又总是被各种力量拉下山。

　　沧海仿佛是带着绘画的使命来到尘世,每时每刻都在竭力吸纳与绘画有关的一切。他在六七岁时从野外捡到一具骷髅,用河水洗净后就天天画它,等到闭着眼也能从各种角度将骷髅画得滚瓜烂熟了,就试着给它添上血肉和五官,分出性别、职业和年龄。那个骷髅一直陪伴了他许多年,睡觉时就放在枕头边。后来果然从安徽乡下考进天津美院,然后就一路读完博士。原本一个身材修长的翩翩青年,清癯内敛,笔墨清华,不知从什么时候开始动了出家的念头,常常将自己灌醉,认为调和各种紧张关系的最好办法就是上山当和尚。但他不仅自己作画,还要教书带学生,终于未能如愿。待度过那个"激烈期",恰如长江闯出了三峡,沧海变得澹荡深厚、朗阔温润，同样心怀炽烈，却变得庄重自强，骨子里反倒具备了一个真和尚的学养，"心地上无波涛，性天中有化育"。

奇怪的是经历那个阶段之后的他，外形也博大起来，超重的肉身与内心一同向纵深开掘，身材变得蓬勃、壮硕，内里变得古拙、沉实，他又恢复了过去的静默，歛气于骨。落到笔下，有时墨色沉沉，莽莽苍苍，气势夺人；有时简洁苍劲，意趣横飞，以率直入画，却气足神畅；有时笔墨奇崛，沉潜着一股清冷幽静之气，洞心骇目，绝俗惊世。有时作大画没有空墙，沧海便将画纸铺在地上，赤脚踩着宣纸躬身作画。以他那庞大的体量，竟能轻盈自如，绝不会踏坏薄薄的画纸，作画时厚实的脚掌也绝不出汗。有天晚上我闯进他的像仓库一样的画室，坐在后面静悄悄领略他的才华。前面一堵大墙上挂着一张巨大的宣纸，或许是许多张纸拼在了一起，他已经进入一种半痴狂的状态，忽而对着画纸默默出神，忽而这儿一片山、那儿几棵树，运笔放逸，纵横突兀。我感到"他身上的所有细胞都打开了"，兴奋时一手抓两支笔，在纸上勾抹。但始终不吭一声，头上冒着热气。

我明明是眼看着他作画，待大画成形后还是吃了一惊，怎么也想象不出他是如何有了这样的妙想佳构，是动笔前已成竹在胸,还是完全靠临场的即兴发挥?他见我如此喜欢这幅画竟当场就要送给我,他的豪爽令我竦然一震,当即谢绝:"这幅画可以换一幢楼,你敢送,我不敢要!"后来在他的画展上,我看到这幅取名《自有天机贯胸臆》的大画,挂在展厅迎面的大墙上。他的画里充盈着禅机,所以我说,沧海骨子里还是个大和尚。

包儿与少年

包,可以标示着一种时尚,也可以代表着一种进取姿态。清晨,专业队的游泳馆对外开放,我们刚出水,少年游泳训练班就进来了,他们肩背手提的每个人都有三个包,饭包、书包、游泳包。滴溜甩挂,一副还没有完全醒过盹来的样子。进了更衣室,30多个孩子先打开书包,拿出作业本和语文期中考卷,全都丢给一个同学,今天轮上他值班,要替同学们按照标准答案抄卷子。教练则督促其他同学换衣服。

我跟教练认识,便小声问他:"这一个人代抄的卷子能算数吗?""不算数又能怎样?他们的功课只要凑合能及格就行。""这不是误人子弟吗!""我们不误别人也误,家长们都抢破脑袋想往这个班里挤。"大家都成名心切,拿个冠军就什么都有了,我问他这些孩子的成材概率有多大,他说:"1%~2%。"我一惊:"这么低呀?98%都是陪练的!""有陪练的才能出尖子,竞技体育没有不练能成为冠军的天才。"

　　他们的生命正处于"上山"期，必须争强好胜、不甘示弱，才有可能登上人生的峰顶。而我们这些老家伙已经开始"下山"了，相对要轻松得多，其中最重要的一条就是服老。顺其自然，借助自然，老而不争，老得认头。认头也就是认输，老是一种弱，不羞于示弱。20多年前我刚开始晨练时，每天一下水就是2000米，十几年后随着年龄的增大在递减：1800、1600、1400……现在只游800到1000米，以吃完早饭坐到电脑前不犯困为标准。可见人一老并不是先输给别人，而是输给自己，输给时间，输给距离。

　　也正因为懂得示弱，反而会体现出一种生命力的强韧。我们中年纪最大的泳友是90岁的老林，每天骑自行车来，而且不是顺着扶梯下池子，直接跳下去，游200米就上来。其他几位84至87岁的老先生则游400米……这就叫不可不退，又不可退得太快。服老认输不是萎缩，不是静等着无常来索拿，彻底的完全的认输是死亡。而生命本身就有一种自然的力量，在与衰老抗争。所以除去顺其自然，还要懂得借助自然。

　　其实，老而不争是一种很高的境界，一般人很难达到。比如杨绛先生借兰德的诗所表述的心语："我和谁都不争，我和谁争都不屑。"达不到这种高度，还有另一种通透的老："这世上，没有一样东西我想占有；没有一个人值得我羡慕；任何我曾遭受的不幸，我都已经忘记。"（米沃什《礼物》）由于物质的极大丰富和享乐主义的盛行，现代社会除去产生了"啃老族""闪婚族"等这个族那个族之外，还有一个著名的"逆龄族"，就是拒绝变老。声称"年龄只是个数字，一个没有意义的数字"。能活到百岁的人，你说他78岁时算多老？其代表人物是86岁的《花花公子》创办人海夫纳，仍然拥有并还在大量抢进自己公司的股票，84岁时又娶了一位24岁的新娘。

我就此曾征询过诸多对"逆老族"的看法，祝福的多，艳羡他的极少。就像我看着眼前一群"三包少年"，不仅不羡慕这些"早晨八九点钟的太阳"，甚至还庆幸自己熬过了那个"逞强"的阶段。同样是游泳，我只带一个小包，里面装着游泳用的东西，以轻松的心态在水里收获点快乐。为什么只是"一点"，而不是大乐？大乐为呛水，别忘了乐极生悲。但面对少年，我竟然觉得老了很好，但我确实不知道这种感觉是否正常，如同我在跟孙子说笑时，觉得当爷爷忒幸福一样。即使上帝发善心再多给我70年寿命，让我回去重新开始当孙子，我也不干。

-159

怀念大山

最近读到铁凝为《贾大山小说精选集》所写的序言，心里似出了一口气。其实这本书早在17年前就该出。当时大山病重，朋友们策划要为他出一本小说集，一位名动全国的小说家，怎可还没有结集出版过一本书？但几次跟他商量都被拒绝："你们难道觉得我快不行了，出本书安慰我？"由他这么一说，出书的事只好先搁下。写书的人能经得住出书的诱惑，何况还自知得了绝症，足见大山是老实人，更是明白人。

1979年他以短篇小说《取经》成名。次年早春，一个国家级的权威刊物请他进京改稿，同时受到邀请的还有《小镇上的将军》作者陈世旭等四位当年轰动文坛的作家，他们还被告知获得了全国短篇小说奖，稿子改好后被留下来等着参加发奖会。可真正到了发奖的日子，其他人榜上有名，唯独没有贾大山的《取经》。大家都觉得有些尴尬，也是对大山不负责任，甚至没人出面向他解释一下，以前关于他获奖的消息是怎么散出来的？那个时候的文坛水很深。这种事又只能胳膊断了往袄袖里吞。大山客客气气地跟大家告别，提着兜子直奔永定门火车站。我至今脑子里还印着他离去的那一幕，心里有同情，却也不能不赞他是条汉子，大山如山，兀自不动谁人能欺？

几个月后，中国作协开办文学讲习所，我又和贾大山相聚，他依旧是短平头，紫红脸，线条硬朗，神情随和，平时话不多，却常有妙语，大家都很喜欢他。时间一长同学们还发现他有一绝活儿，自己写的小说，竟篇篇都能背诵下来。有时晚上没事，我们就坐在操场的篮球架下，撺掇他背小说，他的故事精到，总有耐人寻味的东西。我问他是不是每写完一篇小说还要下功夫背熟，他说还用得着特意去背吗？自己用心写的东西怎么会记不住呢？这有点像特异功能，讲习所里再没有第二个作家能做到这一点。他喜欢唱戏，尤爱京剧《失空斩》里诸葛亮的唱段，百唱不厌。我也喜欢京剧，但一张嘴就是唱歌的味道，大山说我是"京剧交响乐"。他合群合人，经常要给同学们唱两口，便拉上我给他帮腔，作为角色转换之间的过渡。

讲习所结业后组织大家去北戴河休息两天，那时候能去一趟这个久负盛名的"夏都"是难得的机会，到临出发时大山突然说不去了："趁你们都走了，宿舍空着，我把老娘和妻儿接到北京来玩两天。"男人顾家不算新鲜，像大山这样一个据说在家里有"绝对权威"的大丈夫，心竟如此细致体贴，一下子让大家的心里都有所触动。车开动后还有两位外地的作家叨咕，后悔早没听说贾大山有这一招，不然也可以学他把自己的家人叫来游览北京。那时讲习所每间宿舍住四个作家，正好能住得下一家人。

一年后，我跟着车间的几个人去涉县铁厂出差回来，过正定时突然很想念贾大山，就一个人下车去看他。在正定县城里他有一个独门独院，院内花木扶疏，整洁幽静，北侧一拉溜四间正房，我眼馋地对他说："这简直就是神仙洞府！难怪你身上有股仙气，平时还真是过着神仙般的日子。"他赶紧支使儿子："去喊你娘回来做饭！"很快，大山的爱人小梅就一溜小跑地回来了，满面带笑，清爽大方，不大会儿的工夫就摆上炕桌，像变魔术一样弄了一桌子菜。此后不久他担任了正定县文化局长，修复古迹，保护文物，尊重艺术规律，扶持文艺团体，干得有板有眼，赢得良好口碑。

到1996年夏天，我借去石家庄参加一个讨论会，跟着铁凝再去看他。正定县已变成石家庄的一个区，楼群林立，贾大山那可爱的院子已无迹可寻，给他换成了公寓楼三层的两个单元，倒也干干净净，宽敞明亮。房子变人也变了，由于刚做完手术，大山身体瘦弱，所幸精神不错，谈吐依然风趣，还给我们清唱了一段《空城计》。我陪着他说说笑笑，心内却不无忧虑，他腹部经常剧痛，是切除的食道癌转移到肝脏上了。过了没多久，接到石家庄市委一个干部的电话，希望我能通过柯云路找个气功师为贾大山调理一下。这才叫"有病乱投医"。阴差阳错我未能联系上柯云路，就从河北传来消息，大山病况告急。

但大山仁义，让家人和亲戚朋友高高兴兴地过了春节，1997年2月20日，邓小平逝世的第二天，大山走了。我接到这一消息时，半天没有回过神来，心里搅动着许多沉重而复杂的感觉……

相依为命的和谐

只要经常去公园，时间一长准能结识一些有味道的老夫妻。

老曹两口子的年纪比我大，他们每天只是拉着手在公园里慢走，走一圈之后就在长臂猿的铁笼子前做他们的"夫妻操"：男的先双手趴在栏杆上，躬起背让女的捶打，从肩到臀，细细地捶拍一阵，然后再把腿架到栏杆上，从上到下又捶个溜够。女的给男的捶完了，男的再给女的捶，程序一样。只要他们两个一捶打，笼子的长臂猿就响应，追逐，吼叫。先是由一个猿挑头：呜哇呜哇……首领叫过几声之后，全笼子的大小猿就跟着一起呼应：呜哇儿呜哇儿呜哇儿……一边叫着一边撒欢，抓得铁笼子呼呼山响。

我在旁边看着都舒服，便问老曹："这些长臂猿认识你？怎么你们一亲热它们就闹腾？"

老曹说："相处这么长时间了怎么可能不认识？它们

是妒忌，是模仿，是给我们俩助兴。"

老曹是南方人，曾是一家出版社的编辑，"文革"中被下放到市郊的干校，老婆跟他离婚自己回南方了。每到秋天，干校会分点粮食或地瓜之类的东西，他没有家伙盛就装在自己的裤子里，把两端的裤脚系死，扛在肩膀上回城。他现在的老婆当时是跑郊县的汽车售票员，看他这个人很有意思，只要他一上车就给他张罗一个座位，车上人太挤的时候就把售票员自己的座位让给他。其实老曹把粮食扛回家也没有人吃，渐渐地就开始把粮食往那个女售票员的家里扛了。售票员是天津姑娘，嘴茬子厉害，卖票的嘛，什么人都见过，什么嘎杂子琉璃球都能应付，但他们结婚后过得很好，这就叫合适。

世上没有完美的人，却可以有完美的合适。家是女人的梦，女人是男人的梦，能将梦转化为现实的夫妻，才能长久。在现实中偶尔还能一梦的夫妻，就是快乐的神仙眷侣了。另有一个老齐，曾是一家有400名员工的企业主，连续两次决策失误，把企业整黄了。后又借了2万元开了个土产杂货店，不想开张没多久被一把大火烧光。老伴急火攻心脑出血，幸好抢救及时，保住了性命。老齐每天早晨用车推着老伴在公园转一圈儿，哪儿风景好、哪儿有好看的就推着老伴往哪儿去。这一圈儿溜下来要两个多小时，然后回家，在路上顺便买了早点，服侍老伴吃完早饭，自己便扛着板凳上街去磨剪子戗菜刀。

他卖手艺有个习惯，客户身上有零钱就给，没带钱就下一次再说，下一次如果忘了也就作罢。老齐经历了大起大落，把什么都看淡了，越穷越简单，活得简单了负担就少，人反而更豁达。他们有儿子，提出要接他们过去，老齐不干，他说凭自己的手艺够吃够喝，老两口子这样挺自在。只要有老伴在，他的房子就是家。有家，自己的心就有地方存放。心放好了，别的东西都丢了也不怕。他还给我念过一首唐寅的《叹世》："富贵荣华莫强求，强求不成反成羞。有脚伸处须伸脚，得缩头时且缩头。地宅方圆人不在，儿孙长大我难留。皇天老早安排定，不用忧煎不用愁。"

这是唐伯虎受徐经（徐霞客的曾祖父）会试作弊案的牵累，在大牢里被关了一年多，后来虽侥幸保住了性命，却断了前程，只能回乡以卖字作画为生，饱尝世间冷暖，作此诗聊以自慰。不想老齐竟能倒背如流，可见他的内心承受力也很不错，在物欲横流的商品世界也算得上是位高人了。他高在不仅能上能下，能富能穷，而且穷得不失尊严。

人有钱活得体面很容易。没有钱了，就必须有大智慧，才能活得快乐而有尊严。公园里许多看似很寻常的老夫妻，背后或许都有不寻常的故事。我还注意到另一种现象，凡一起到公园晨练的夫妻，大都是和谐快乐的，经常闹别扭的或同床异梦、分床异梦的不会到公园里来。老话说，男人最重要的财富就是两样：好老婆和好身体。但不能由此而推断，凡不来公园的就不是和谐快乐的夫妻。只能说公园里确能调节性情，对上了岁数的人更是如此。

执着一生的激情

前一段时间文学圈儿里在炒作"京城名编",倘若是在全国范围内评选当代文学名编辑,我想福建《中篇小说选刊》的主要创办人章世添先生,一定会榜上有名。我之所以这样说自然是有根据的,他对当代文学的贡献以及文学编辑水平,文坛上有目共睹,甚至在当代文学史上也会浓墨重彩地留下一笔,无须我在此饶舌。这篇短文只讲一点他的花絮,或许更能证明我所言不虚。

他可能(由于我无法去做严格的数字统计,只能凭感觉用"可能"这个词)是当代文学界联系作家最多的编辑。编选刊每年都要对全国文坛一遍遍地进行精选,过了筛子过箩,这给他提供了方便,再加上他有心、重情,久而久之便成了文坛上"民间联络处处长"。这许多年来每当我碰到想找谁不知该怎么找的时候,就向他求助,他总能及时而准确地告诉我能联系到对方的有效途径。

他可能还是说话最多的编辑。至少在我认识的人中，他说话最多，除去正规开会，该谁说谁就说，而一般非正规场合的聚会，挑起话题和担任主辩的往往是章世添，当然是指跟文学有关的话，不是指说废话，天天说废话的那叫"话痨"。一开始我没注意，待知道他这个特点以后，再跟他通电话时就习惯性地看表计时，在8分钟之内挂机的时候很少，最长的一次1小时25分钟。这可不是少男少女或全职太太们的所谓"煲电话粥"，煲粥要细火慢熬，章先生说话从来都是高腔大嗓，滔滔雄辩，慷慨激昂。我到60岁之后忽然意识到自己的话也越来越多，可能就是受他的影响。话多伤气，目前正在自觉地加以改正。

他可能还是当代文坛真正见过大钱、干过大工程的编辑。《中篇小说选刊》曾发行过百万，日子好过，不断地举办各种各样的文学活动，影响很大。后来接受市场调节，文学逐渐被边缘化，各文学期刊不为文学发愁，却常被经费不足所困扰，对中国文学总是理想满怀、激情洋溢的章世添，岂能容忍区区"阿堵物"阻碍堂堂文学事业的发展？便以一种舍我其谁的高姿态，担当起为文学赚钱的大任。应该说他的胆识和气魄都是一流的，20世纪的80年代末，中国的房地产业还在襁褓之中，他就看出苗头，将来房地产业一定会大有作为，便在武夷山风景最优美的地段买了一片地,准备修建别墅群、文学院,既赚了钱,又可为文学造福。很快就举办了大型奠基仪式,请全国知名的经济学家和作家到场助兴。

可奠基之后便没有了下文。武夷山被章世添相中的那块地方,确实有一幢幢漂亮的别墅和宾馆建起来了,但发大财的却不是他。几年后他在北京又有了更大的计划,打电话叫我务必赶过去听听他的设想,如果我不去他就带着一队人马赶到天津来,因为我挂着个《中篇小说选刊》顾问的虚名。少数服从多数,自然是我过去。待找到他下榻的小旅馆,见张贤亮、梁晓声、李存葆等几位作家已经早到了,大家都脸放红光、异常兴奋,显然都受世添的鼓舞,正处于激动之中。章世添的计划确实不一般,他在海外找到了一家投资商,要给人民文学出版社修建42层的豪华办公大楼。豪华到什么程度?建成后将成为北京市的"标志性建筑",也会成为世界上著名的文学景观。听了他激情澎湃的介绍我也很高兴,只是不大敢相信,总觉得有点天方夜谭的味道,于是便提出一些疑问。世添对我的谨小慎微、疑虑重重,有些着急,便用更加富有鼓动性的言词激励我、感染我,一遍又一遍地向我讲解……后来我明白了,自己若想在当天还能脱身赶回天津,就赶紧改口称赞他的宏大计划,预祝他成功!

不幸的是我的担心又应验了，此后很长时间为人文社建大楼的事都没有动静，但章世添告诉我又有了更好的项目，他跟人合伙在西北一个新发现的油田里购买了15口油井的开采权，只要有一半油井能出油，给人文社盖大楼的钱就不成问题了……不管这件事最后是否能做成，世添的这股精神没法不让我敬佩，不让我感动，真可谓屡战屡败，屡败屡战，激情依旧，决心不改。只可惜没多久他就退休了，那15口油井是否打出了石油不得而知，反正人民文学出版社至今还在原来的楼房里办公，可能算不上是首都的"标志性建筑"，看上去那楼房跟北京的整体建筑格调还是很和谐的。

章世添退休后，他那一身过剩的永远在燃烧的激情和执着，不再浪费在为文学赚钱的事情上，而是重新投入文学事业本身。在当前，由国家维持的文学期刊都相当困难的情况下，他竟一个人创办了一份公开出版发行的大型文学期刊《文学》。自己上跑下颠地申请刊号、自筹资金、自己组稿、自己编辑、自己联系印刷、自办发行……充分展示了他在文学界的能量和人气。2007年秋天，厚重有230多个页码的《文学》出版了第一期，第二期还在编辑之中，正幸福地沉醉在文学理想中的章世添，却溘然长逝了。

《中篇小说选刊》的同仁，格外理解他的激情和执着，用最大的可能成全他的理想,即便他退休了也仍然给他保留着办公桌,办公室里还有他的一张睡床,尽可能地为他的激情和执着提供帮助,直到他去世的前两天还睡在办公室里,拖着浮肿严重的两条腿在地上蹭来蹭去,打电话八方联系,商量永远都商量不完的事情,有一点空暇就坐下来看稿、编稿……世添是幸福的,一生都活在自己的理想中,燃烧在自己的激情里,直到生命的最后时刻。我甚至相信,此时他在天堂也一定又忙碌起来,正筹办新的刊物,或为办刊四处筹钱……

裴艳玲记

许久没有跟裴艳玲联系,偶尔听到一些关于她的传闻也真假难辨。有说她已经定居海外,我不免惋惜,她5岁登台,12岁唱红,20世纪七八十年代她饰演的沉香、哪吒风靡全国,被万里称为"国宝",吴祖光曾对她发出过"前无古人"的赞叹……如今刚进中年,艺术上已臻炉火纯青,在海外能有什么作为?

也有人说她在欧美巡回讲学,极受欢迎。这倒可以想象,一个文静端庄的妇女,平时寡言少语,内藏秀气,上得讲台却讲解怎样唱男腔,边讲边唱边做,刹那间就能从一个女人变成地道的伟男子大丈夫……如果再配上她的演出录像,如《宝莲灯》《哪吒》《林冲夜奔》等,不引起轰动才怪呢。

我最近一次看她的演出也在十几年前,是新排的大戏《钟馗》。

相貌堂堂的钟馗,在京城舍身抗暴,变作驱魔大神,一改往日的风流俊雅,红面套须,瞪目如炬,狼腰虎体,狰狞可怖。虽身为鬼神,仍牵挂着孤苦伶仃的胞妹,深夜回家,劝妹出嫁,却又担心自己这副大丑的容形吓坏小妹……裴艳玲做出一系列的身段,将钟馗的游移、盘旋、渴望与妹妹团聚,却又不敢贸然叫门的神态表现得准确而又生动。精微独到地活画出"物是人非倍伤情"的钟馗、一个有着深重人情味儿的鬼神,浓墨重彩地渲染出其悲剧气氛。

谯楼起更,钟馗不得不上前叫门,小心翼翼,压低声音:"妹妹不要害怕,我是你哥哥……钟馗……回来了……"看到此处我感到眼窝发热。兄妹相对而泣,诉说人世不平,其声其情震撼人的心灵。钟馗的大段梆子腔中,糅进了某些昆曲的韵味,愈增其悲凉和激愤。我接受了这音色壮美的新唱腔,没有感到它不是河北梆子,也没有觉得有丝毫的不舒服,相反地倒发现河北梆子音乐原来还有着这般丰富而强大的表现力:浑厚、雄阔、高亢、苍凉以及瞬息万变的丰富性和爆发性,是独具的优势,是其他音乐形式所无法比拟的。

钟馗代妹择婿,悲喜交迸,忽悲忽喜,喜是悲的铺垫。裴艳玲一反戏曲舞台上用两面黄旗代车的程式,让小鬼推着镶金挂彩的真车上台，富丽堂皇，钟妹端坐其中，鬼卒前呼后拥，吹吹打打，大胆而又巧妙地表现出鬼办喜事的排场和热烈。这既是具象的，又是抽象的，有写意，更有写实，淋漓尽致地表现了鬼的美，鬼的侠义，鬼的善良和朴实。群鬼皆美，钟馗独秀，他喜不自胜，不住地整衣、理髯、照镜子。裴艳玲动用了自己全面的艺术才华，使我感到只有她这样的演员，才能塑造出这样一个具有强大艺术生命力的钟馗形象。

她这个钟馗正好同人们心目中幻想的那个钟馗合二为一，似乎钟馗就应该是这个样子，也只能是这个样子。看得出，裴艳玲吸收了京剧《钟馗嫁妹》中的某些身段，但这个钟馗是属于她的，她给了钟馗以真正的灵魂和血肉，每一举手投足都是钟馗，没有多余的东西，没有游离于人物之外的技巧。她靠吃透了钟馗的灵魂，才点亮了这个活灵活现的形象，她为钟馗设计的舞蹈、造型，别具一格，亦庄亦谐，有时像孩童那般天真、单纯，这才是鬼。既有独特的象征意味，又是真实的，美的。如果她用一套表现英雄人物惯有的严肃庄重、正经八百的动作，能有这样的效果吗？那还像鬼中的魁首钟馗吗？

令我最感兴趣的自然是"打鬼"，钟馗到阴曹地府报到，阎王则派他到阳间打鬼。阴间无非是一些服毒鬼、吊死鬼、淹死鬼之类，并无游走害人的能力，而妖邪还数阳间最多……前半场以"院试"为主，下半场以"嫁妹"为重点，《荒祭》一场堪称鬼来之笔。外在气氛是欢乐的，内在精神是悲哀的，外在的喜庆气氛浓烈，内在的悲剧基调愈深刻，以喜衬悲，其悲越甚！

活在人世的妹妹洞房花烛之夜，也正是与做鬼的哥哥生离死别之时，妹子、妹夫仰天而跪，哭留钟馗。钟馗则站在长天一角，人鬼不同域，天地长相隔，他劝慰妹妹："贤妹，今天是你的大喜之日，你不要落泪呀……"裴艳玲发出三声悲从中来，以笑代哭的笑声。人鬼哽咽，天幕上托出钟馗的巨大投影，把全剧推向崇高而又悲壮的高潮……

我不能自禁，竟流下泪来。这眼泪使我惊奇，令我不安，我不是喜欢看戏流泪的人，回家后久久不能入睡。是什么力量让我落泪呢？是因为它太悲，有一系列人变鬼、鬼嫁妹的情节？不，我看过比《钟馗》更为缠绵的悲剧，能单纯地依靠悲伤催男人泪下并不容易。是因为它壮？它奇？它新？它精？是，又不是。

艺术的感染力比光谱、色谱的成分更为复杂，它不是靠一个因素感染人。也许正因为《钟馗》集中了上述诸因素，借美的形式反映出来，才如此打动我。情感是一种错综复杂的心理现象，它是艺术的生命力，艺术的价值正是取决于这种感染力。裴艳玲之所以能"文中有武，武中有文，文武兼备，得心应手"，在戏曲的淡季把一出《钟馗》演活、演热、演红，并不全仗她有深厚的幼功基础和精湛的表演手段。令人感佩的倒是她把自己的全部才华熔铸为情，"情动于中，故形于声"，为情而造戏，不为戏而造情！

中国戏曲是一块需要大师，也能够产生大师的土壤。裴艳玲在《钟馗》里调动了自己的多面性艺术才华，开始进入一种"化"境，从小生、武生到花脸，演来一气呵成，干净利索，举重若轻，要什么有什么。唱、念、做、打等多种过硬的戏曲功夫，全部糅进对人物的深刻理解之中，看不出纯粹的技巧，却处处都藏着技巧，即高温不见火焰！

对于美，任何人都不能制定出一个规范，钟馗明明长得丑，看了戏的人都说他的形象美，只有真正的艺术才有这般神奇的魅力。这说明艺术变成了裴艳玲的生命，能帮助她克服心理和生理上的障碍。即所谓"戏保人，人也保戏"。

我好久没有这样被戏剧强烈地感动过了，以至于过去这么多年还不能忘怀。昨天河北梆子剧院的一位朋友告诉我，裴艳玲最近将亮相中央电视的戏曲频道，说不定又有惊人之作问世。兴奋难捺，遂写此文以示期待和祝贺。

毛乌素之魂

初冬自毛乌素沙漠归来，并无"风尘仆仆"之感，相反心里倒多了一份洁净，还有一种感激、感动和崇敬之情。甚至每遇到熟人都想问他一句：你知道石光银吗？媒体时代推出了许多各种各样的名人，却也忽略了一些真正可感可佩、让人从心里钦服的人。

比如生活在北方的人，近十几年有个明显的感觉，天上没有下沙子了，平时衬衣的领子也脏得慢了，北京甚至达到了奥运会对气候条件的近乎苛刻的要求。这不能说是石光银的功劳，但也绝不能说跟他没有关系。

自打石光银记事起，就跟着父母搬过9次家，有时一年要搬两次。不为别的，就为躲避沙子，不搬不行，搬慢了都要被沙子埋住。那真是沙进人退！他8岁的时候，跟同村一个小伙伴在沙窝里放牛，只顾四下寻找那一点点发绿的东西，没提防天空骤然黑了下来。沙漠里大白天发黑是常有的事,遮天蔽日的不是乌云,而是沙暴。绝地朔风,沙翻大漠,顷刻间他就人事不知了……一天后,父亲在几十里以外的内蒙古找到了他,而他的伙伴却再也没有找到,连同那头被一家人视为命根子的老牛,都永远地被漫漫荒沙吞没了。

这件事在石光银的心里造成怎样的伤害,他从来没有说过。长大后话也不多,只是拼命干活,有事没事就爱跟沙子犟劲,20岁就当上了生产大队长。有些农村的大队长可以当成"土皇上",他却一门心思摸索着各种治沙的法子。只要听到哪儿有治沙的能人或高招,一定要去取经,即便步行一二百里,也全不在意。那时他肩上还挑着几百口人的饭碗,不敢成天光跟沙子玩摽儿。到1984年,国家发布新政策,私人可以承包荒漠。这好像是石光银等待了几辈子的机遇,他立刻辞职,一下子就承包了1.5万亩荒沙。签这么大的合同,兑现不了拿命都抵不了啊!家人不同意,亲戚朋友吓一跳,外人则开始叫他"石疯子"。这时候他说了一句话:"我这辈子就想实实在在地干一件事,治住沙子,让乡亲们过好日子。"

一个不同凡响的人,在关键时刻总会有惊人之举。石光银这个原本再普通不过的农民,因时势的变化,便逐渐显露出那非同一般的特质。可是,想治沙就要植树造林,要种树就得有树苗，买树苗就得用钱……他缺的恰恰就是钱。愁得夜里睡不着觉，忽听到羊圈里的羊叫了两声。这鬼使神差的两声羊叫，一下子提醒了他，第二天一早，就把家里的几十只羊和唯一的一头骡子要牵到集上去卖掉。这可真是疯了，要拿全家的日子往大漠里扔啊！妻子想从他手里夺下骡子的缰绳，又哪里争得过他？只能听凭他拿走全部家当换了小树苗。

"务进者趋前而不顾后"，说也怪，正是他这副铁了心的架势，竟感动了六七户平素就信服他的农户，大家从他身上看到了绝漠中的一线生机、一线希望，与其这么一年年不死不活地凑合，还不如跟着石光银背水一战，兴许真能干出个前程。于是那几户农民也变卖家畜，把钱交给石光银去买了树苗。这下责任更大了，干不好毁掉的可就不光是他一家人的日子。晚上妻子怎么也忍不住要唠叨几句，这个家并不光是他石光银一个人的。但还没说上两句，石光银就截断了她的话头："睡吧睡吧。"他并不多作解释，连一句劝慰的话都没有，可能他的心里也没有底。所幸他石光银的女人贤惠，男人叫睡就睡，即使睡不着也把嘴闭上了。

但女人的直觉和担心却不是多余的，头一年种下的树全死了，第二年成活了不足10%，石光银真成了"往大风沙里扔钱的疯子"。这时候社会上有一种很时髦的理论,叫顺应自然,人是不能跟天斗的。石光银说不出更多的大道理,只在心里不服气,凭啥我这儿的自然就是沙子欺负人,你叫我们祖祖辈辈顺应沙子?其实,"老天"最早安排的"自然"也不一定就是眼下这个样子,过去此地连年战乱,人怨天怒,很难说是人祸引来天灾,还是天灾加剧了人祸。毛乌素曾经也是绿洲,自唐代才开始起沙,到明清便形成了茫茫大漠,这叫石光银该顺应哪个自然?如何"顺应"才自然?好在石光银身上有股异常的疯张和倔强,牙关一咬就扛了下来。他带着干粮常常在沙窝里一干就是许多天,当干渴难挨的时候,就用苇管插到沙坑里吸点水喝。那就像嚼甘蔗,把水咽下去,将沙子再吐出来。或许这就是造化的公平,在毛乌素的沙窝里,扒下一尺多深,沙子就是湿的,沙漠里的地下水位远比沿海大城市里的地下水位高得多,打井到地下8米就能出水。"毛乌素"在蒙语里是"坏水"的意思,可如今在毛乌素生产的"沙漠大叔"牌矿泉水,是水中的极品。这是后话。

老天果然不负苦心人,第三年石光银成功了,种树的成活率达到90%以上。20多年来,石光银种树治沙22.5万亩,已形成400多平方公里的防护林带,莽莽苍苍,吟风啸雨,蔚为大观。有人或许对用平方公里计算的树林,形成不了具体的概念，那么就说得再形象一点：将石光银的树排成20行50米宽的林带，从毛乌素可一直排到北京。若改成单行，则可绕地球一圈还有富余。这些在毛乌素沙漠里已经自成气候的林木，不能不说是对当代人类的一个重大鼓舞。在当前全球的生态危机中，沙漠化排在了第一位，被生态学家称作"地球癌"。眼下地球上的沙漠达到3600万平方公里，相当于4个美国的面积，占全球陆地总面积的30%，世界上约有9亿人口受到沙漠化的危害。而中国又是世界上受沙化危害十分严重的国家，沙化面积达到174万平方公里，占国土面积的18.2%。

所以，没有上过多少学的石光银，两次被邀请到联合国防治荒漠化大会上讲演，介绍造林治沙的经验。2000年，先被"国际名人协会"评选为"国际跨世纪人才"；后被联合国粮农组织授予"世界优秀林农奖"（即"拉奥博士奖"）。设若是其他行业的时尚人物，获得了这样的国际荣誉，还不得闹腾得家喻户晓？这也正暴露了当今媒体时代在精神上有块沙漠，忽略了真正的时尚。而石光银从一降生就面对沙子，大漠历练了他的精神、他的定力，无论是荣誉，还是人世间最大的痛苦，都不可能让他迷失，让他颓丧。他在治沙上最得力的助手，也是他唯一的儿子石战军，一条34岁的壮汉，在急急忙忙去买浇灌树苗的水管时遭遇车祸丧生。人们不是都爱说"好人有好报"吗？

自知者不怨人，知命者不怨天。没人知道石光银是怎样化解了这巨大的苦痛，也没人听到他说过一句怨天尤人的话。恐怕他心里早就清楚得很，治理毛乌素不是一代、两代人就能完成的，恐怕死一两个人也是正常的事。当初既然是自己挑头，就得由自己承担全部后果。历尽天磨成铁汉，他只要有点闲工夫，就愿意钻进自己亲手栽种的森林里，听着树叶被风吹动，发出哗啦啦啦的响声……对他来说这才是世界上最美妙动心的音乐。命运已经给了他最丰厚的回报，在这时候就连他也相信"老天是有眼的"——这才是毛乌素人该有的大自然。一向不爱多说话的石光银，却多次向家人和亲友们重复过一句相同的话："我活着就是种林子，死了将林子交给国家。"

他一如既往的澹定、坚韧，犹如毛乌素沙漠里一束圣洁的光。其实，石光银并不孤单，在毛乌素治沙有了大成就的还有几个人。生活在远处另一个沙窝里的牛玉勤，有着跟石光银大致相同的经历，丈夫因治沙积劳成疾，中年早逝。她独自一人抚养孩子，照顾因患精神病常年神志不清的婆婆，还要像男人一样治沙，或者干脆说像牛一样勤劳无怨。因为她懂得一个道理，怨人的穷，怨天怪地的没志气。周围的人都说："这个婆姨生生是用泪水和汗水把一棵棵树苗给浇活了！"到她60岁的时候，已经造林治沙11万亩。长年累月的难以想象的劳苦和艰难，并没有摧毁她柔媚而丰富的情感世界，为了表达对丈夫张加旺的思念，把自己投资兴建的小学取名"旺勤小学"；把育苗基地叫作"加玉林场"；将自修的沙漠公路命名"望青路"——走在这条路上就能望见青山绿水。这是她的梦想。而所有治沙人，心里都有个梦。

实际上只要治住沙子，其他就都好办了。治理前沙窝里寸草不生，树一栽起来，林子一成气候，各种绿色植物就会自生自长，遍地蔓延。有了防护林的沙地也很容易改造成草场和庄稼地，不然毛乌素这个大沙窝里怎么能成为现在的"中国土豆之乡"？渐渐地绿色食品加工厂办起来了，养殖场建起来了，药材种植基地形成了……石光银们摸索出了林、农、牧、药多业并举的路数。他实现了自己当初的诺言，让周围的数百家农民都脱贫了，可他的家里，一年到头每天只吃一种"和菜饭"：将菜、米、面、盐一起煮，菜饭合一。只在过年和有应酬的时候才会放点肉，或包顿饺子。他和家人早就习惯了这样的生活。而他的林子和那些企业估算起来，至少值几千万，他为啥还要这般苛待自己？他说："我还欠着银行300多万的贷款，哪有条件享福。"沙漠里的树是只能种不能砍的，这就是老百姓常说的，富了林子，穷了造林人。石光银说："不管我种多少树，办多少经济实体，都不是为了个人赚钱。我要钱干啥？还不是为了治沙，为了再多种树。"

面对石光银这样一条铮铮铁汉，精神上会感到健旺、畅达，对毛乌素和沙漠里的人，生出一种信心和希望。他们是沙漠的魂，是毛乌素的胆。据说毛乌素里的定边县名，原是北宋文学大家欧阳修所赐。而石光银们，用自己的命运证明，定边只有定住沙，才能定住绿；定住绿才能定住魂，定住魂才能定边——"底定边疆"！

什么人死后会成神？

岳飞是家喻户晓的民族英雄，华夏子孙对他的故事大多耳熟能详：岳母刺字、朱仙镇大捷、十二道金牌、被秦桧毒害……对岳飞最突出的感觉就是忠肝义胆，冤魂不屈！可是，不久前我去岳飞的故里汤阴，在岳飞庙正殿两侧最突出的位置，看到清同治年间榜眼出身的翰林院编修何金寿的联："人生自古谁无死，第一功名不爱钱。"

据说无论在当时还是现在，都有人对此联不以为然，上联抄的是文天祥的句子，下联也太过直白，一如大实话，并未表达出岳飞的主要功绩，诸如尽忠呀，报国呀，浩气呀，威灵呀等等，显然分量不够，为什么却能摆在这么显著的位置？何金寿解释说，他思虑了很长时间，觉得只有这两句话，才能准确地概括岳飞的一生，最能代表岳飞的精神。

确是如此。在岳飞屡屡大败金兵，光复建康等故地，让南宋小朝廷有了立足之地，宋高宗也得以喘息的时候，曾相当倚重岳飞，要为他建造府第。岳飞当即辞谢："强虏未灭，臣何以家为？"高宗便也跟着打官腔：是呀，天下确乎是不太平！岳飞随即进言："文臣不爱钱，武臣不惜命，天下当太平！"何金寿认为这两句话所表达的智慧，虽平朴简括，却直道出一个至理，古今亦然！

眼下被曝光的贪官那么多，不也是从反面证实了，岳飞的话依旧是"天下太平"的保证嘛。难怪古往今来，大将军无数，能有几人像岳飞这般留给后人如此丰厚的遗产！历经无数个世纪，其精魂依然熠熠生辉，成为历史的一种骄傲。

中华民族自立国以来，汉唐最为强盛，两宋最为衰弱，亡国也最为悲惨，而民族英雄的慷慨壮烈又远过于其他朝代。就比如岳飞，连编纂《宋史》的元朝儒生也为其愤愤不平："西汉而下，若韩、彭、绛、灌之为将，代不乏人，求其文武全器、仁者并施如宋岳飞者，一代岂多见哉。史称关云长通《春秋左氏》学，然未尝见其文章。（岳）飞北伐，军至汴梁之朱仙镇，有诏班师，飞自为表答诏，忠义之言，流出肺腑，真有诸葛孔明之风，而卒死于秦桧之手……高宗忍自弃其中原，故忍杀飞，呜呼冤哉！呜呼冤哉！"

文中提到的岳飞"自为表答诏"，是指朱仙镇一战岳飞以500"背嵬骑兵"大败金兵10万之众,金兵主帅金兀术仓皇遁入汴京,而岳飞大军追至距汴京仅40多里。此时多名金将来降,父老百姓争相挽车牵牛,载糗粮以馈义军,顶盆焚香迎候者,充满道路……岳飞义气昂扬,谢绝端到眼前的酒,高言:"直抵黄龙府,与诸君痛饮耳!"就在此时宋高宗赵构下诏令其班师,岳飞惊骇,立马自写奏章:"金人锐气沮丧,尽失辎重,疾走渡河。今豪杰向风,士卒用命,天时人事,强弱已见,功及垂成,时不再来,机难轻失。臣日夜料之熟矣,惟陛下图之。"

然而,高宗在一日之中竟连下12道催命金牌,创下前无古人后无来者的记录,最终把功莫大焉的岳飞送上了黄泉路。朝廷既想杀他,自然就要为他罗织罪名,由御史中丞何铸主审。岳飞上得堂来,见满院衙役,举座高官,未发一言先撕开自己身上的衣服,露出背上深入肌肤的刺字:"尽忠报国"!这是在他第三次从戎投军时,其母姚氏夫人请"针笔匠"刺下的。在宋代延续了唐末五代的习俗,在兵士的脸或手臂上刺上军号,以防逃跑。后来演变成自愿在身上刺些花木鸟兽,抗金将领王彦的士兵,都在脸上刺了"誓杀金贼"的字样。

岳母送给儿子的这四个字,也便成了岳飞的宿命。岳飞既然死心要"尽忠报国",为什么当时的一国之君宋高宗还非要置他于死地？这就要先从宋朝的基本国策说起。其开国皇帝宋太祖赵匡胤，出身武夫，得天下后汲取了唐末国擅于将，将擅于兵，五代诸帝多由军士拥立的教训，制定了治国的大政方针：重文轻武，以文制武。经过北宋王朝百余年的贯彻执行，重文轻武的国策已经演变成一种社会风气。君既重文，臣必轻武。文治固然可以制内变，然不足以抵御外侮，所以宋朝长期积弱不振，国力最是衰败。大文人倒是出了不少，如范仲淹、朱熹、司马光、欧阳修、苏东坡、李清照、陆游、辛弃疾等等，武将也都有极高的文学修为，岳飞的一曲《满江红》，成千古绝唱，其书法也大气磅礴，笔力千钧。稍后的文天祥，本来是状元出身，一带兵打仗便倒了血霉，注定死路一条。但他的《正气歌》《过零丁洋》等诗作，却惊天地而泣鬼神，成为不朽。封建时代讲究的是"一朝天子一朝臣"，你岳飞光说"尽忠报国"，要尽谁的"忠"，报谁的"国"？岳飞忠的当然是"大宋朝"，保的是整个"大宋江山"，这恰恰是赵构心中恼恨的。

靖康二年，宋徽宗和宋钦宗同被金人掳走，当时被掳走的还有宗室、后妃、文武臣僚等共计三千多人，称"靖康之耻"。宋徽宗有儿子31个，已有6人早亡，其余除赵构外都被金人掳到北国去了，皇上的龙袍自然而然就穿到了他的身上。也可以说是国家的大灾大难成全了他这个皇帝,自此南宋开始,北宋结束。而岳飞的大忠是要一雪靖康之耻,直捣金人老巢,迎回"二圣"。倘允许他乘胜一路打下去,直到把父亲宋徽宗和哥哥宋钦宗都接回来,那宋高宗又往哪儿摆呢?岳飞的"尽忠报国"岂不要弄得赵构皇帝当不成了?所以岳飞越是胜利在望,越要把他调回。光是把岳飞调回来也不安全,他的大军已深孚众望,被百姓称作"岳家军"……只要岳飞还活着,赵构的皇上就当不安稳,不杀不足以去心病。自古都是"君疑臣,臣必死"。甚至当秦桧及其爪牙万俟卨等,实在凑不出更多罪证,写奏章准备放岳飞的长子岳云一条生路时,宋高宗竟然朱笔一点,将勇冠三军、功不可没的岳云和张宪也一并处斩,以绝后患。足见其狠毒,也证明杀岳飞并非巨奸秦桧所独为,赵构才是幕后主使。

其时为公元1141年,农历12月29日晚,大理寺监狱得密令,佯称请岳飞沐浴,拥其入密室。突然从两旁蹿出大力军士,用棍棒猛击岳飞身体两侧的软肋……谓之"拉肋而死"。岳飞当时只有39岁,目眦皆裂,悲愤难抑,怒吼:"天日昭昭!天日昭昭!"

不错,"天日"终有"昭昭"之时。在国运垂危之际,奸帝奸臣合谋残杀国之栋梁,极大地刺激和调动了朝野上下和广大百姓的复杂情感,这里面有憎恶、义愤、悲怆、惋惜、不平等等。所有这一切又都化为对岳飞的同情和敬慕,同情产生亲近,亲近推动流传,流传催生神话……古今中外的历史上被神化的人物,大多并没有大圆满的结局。耶稣被叛徒出卖钉死在十字架上;生前不甚得意,颠沛流离"急急若丧家之犬"的孔子,死后却渐渐成了圣人;英雄一世,最后却因骄傲轻敌、刚愎自用而打了大败仗,竟连自己的脑袋都被人偷走了的关羽,却一步步地成了"武圣人""武财神"……岳飞也一样,在被害死的那一刻,却波澜壮阔地登上了生命的巅峰,成为民族精神的象征,千秋万代接受民族的崇敬。

是岳飞,强烈而鲜明地提升和区分了中国式的忠奸文化。中国有无以计数的各式各样的庙,只有在各地的岳飞庙前,才塑有奸臣、叛徒和小人的跪像。而且民间传说击桧之头,永不头痛;击桧之心,永不心痛。在永远跪着的群丑两侧,有这样一副联:"蓬头垢面跪阶前,想想当年宰相;端冕垂旒临座上,看看今日将军。"让历史、让民族的良知,让古今百姓,出一口胸中恶气,大快人心!

关羽，真神！

中国的神，大致可分两种，一种是人造的，如玉皇大帝、王母娘娘等；另一种是人变的，最具代表性的当数关羽、岳飞。人造的神，高高在上，安享人间香火。人变的神，离人间很近，人间冷暖，世道沧桑，都会影响到他的神性与神位。过去的封建帝王，在位时个个都是"真龙天子"，连上界的诸神都要听其差遣，为他们服务。一旦王朝覆亡，立即便跌下神坛，还原为人，甚至还会被大泼脏水。

在这个流行解构英雄的时代，人们看似热衷于毁神，实际却更渴望能有真神出来救世。不然9米高的孔子塑像，怎会突然矗立于天安门对面？引起轰动和争论后又悄声挪了个地方。中国邮政即将隆重推出首套关羽特种邮票；由甄子丹、姜文、孙俪联袂主演的电影《关云长》公映后，媒体报道还将有四部关羽题材的影片陆续出炉。还有一说，有关部门嫌关羽题材太多太热，想砍掉一些……一文一武、一圣一帝,无论是放是收,都已经说明问题了。

老版电视连续剧《三国演义》公映许多年来,在片中扮演关羽的青岛演员陆树铭,一直大受社会欢迎,走到哪里都被当作"关老爷般地敬奉",这甚至因此而改变了他的戏路和生活,他自觉胸中平添了一股忠义之气,"关老爷"仿佛就站在他身后,敢于出头做好事,很长时间不能接演其他角色,更绝无可能再演反派人物。一个角色竟然对演员具备这样的影响力,不也是颇为神奇吗?

由人变成神,至少要有两个先决条件:巨大的人格魅力和有口皆碑的丰功伟绩。关羽神勇异常,一生战功赫赫:诛文丑杀颜良、温酒斩华雄、千里走单骑、单刀赴会、水淹七军……青龙偃月势挟风雷,美髯飘动绝伦逸群。陈寿在《三国志》中称关羽"威震华夏"。蒋星煜先生考证说:"整部《二十四史》,也未有任何名将有过'威震华夏'的声势。更值得注意的是'群盗或遥受羽印号',这说明除魏、蜀、吴三国公卿百官之外,流落社会上的贩夫走卒以及流氓无产阶级也都对关羽心悦诚服,愿意为之驱使。"

只有具备大本事、真本事,到了出神入化的程度,人们才会确信他能护佑大家。所谓"真本事"是不能弄虚作假、编造历史,时间一长若想不露馅是不可能的,一旦戳穿,便要跌下神坛。关羽从解白马之围获封汉寿亭侯到成神，经受了900余年的漫长考验，经历过许多朝代更迭，他的声望却几乎是呈直线上升。公元1102年宋徽宗先封关羽为"忠惠公"，过了六年又觉得不解气，再加封他为"崇宁真君""义勇武安王"；万历十八年（1590年）明神宗封关羽为"协天护国忠义大帝"，22年后又加封为"三界伏魔大帝、神威远镇天尊、关圣帝君"；顺治元年（1644年），清廷封关羽"忠义神武关圣大帝"，到光绪五年（1879年），关羽的封号又追加成"忠义神武灵佑仁勇威显护国保民精诚绥靖诩赞宣德关圣帝君"，简直要把世间好词都加到关羽头上。

如此这般先后曾有16位皇帝、23次为关羽颁旨加封，且一个比一个高。至清朝中期，"全国就约有关帝庙30余万座，仅北京就有116座"，其数量之多，居各种庙之首（《文史参考》2011年第7期）。成神就要有神性、神品。关羽的品行恰恰代表了中华民族的理想人格，寄托着万千民众的道德精神，日月可鉴，妇孺皆晓，所以被尊为"万世人极"。

关羽的人格魅力首先体现在一个"忠"字上，其次是义、仁、勇、烈……气贯千秋，亘古一人。而且"赤面秉赤心"，内外一致，"隐微处不愧青天"，磊落落、坦荡荡，人前背后都没有见不得人的事。凡成了神又被推下神坛的，人格上一定有大缺陷，做的那些上愧青天、下负百姓的事一旦曝光，头上的光环便立刻消散，为人所不齿。

关羽还活着时，就已经跟神差不多了，即使受挫或失败，也能成就千古名句，传为美谈。如"刮骨疗毒""华容道义释曹操""大意失荆州""走麦城"……如此生得忠勇，死得伟烈，纵然被杀，也令人觉得不馁反雄，不丑反美。而杀他的人反而担惊受怕、惶惶不可终日。孙权就急忙将关羽的首级给曹操送去，想转嫁恐惧和祸患，曹操却将关羽的头颅厚葬于洛阳。孙权随后也以诸侯之礼将关羽的身躯葬于湖北当阳。人死后仍能让曹操、孙权如此敬畏，可见关羽已经具备了强大的神性。然后便在各种民间传说中频频"显灵""显圣"，救苦脱危，广济民生，其英灵之威便在社会越传越神。

人变的神，之所以能越来越神，是因为社会上正需要这尊神。需要是因为欠缺。缺少信仰的时代，关羽的忠忱便成了稀有品质；商品社会唯利是图，而关羽却是"春秋大义""义薄云天"。当散漫、怯懦、自私成为风气时，关羽的勇武、骨子里的刚硬，在现代人眼里似乎只有神才能办得到。关羽身上集中代表了中华文化的核心价值取向，他怎能不成神？他的成神可以说是水到渠成，成全民意，顺乎历史潮流。因此才会"儒佛道三教并尊，士农工商四民同拜"，凡是人们能想得到的行业，诸如剃头刮脸、描金制革、屠宰典当、治病除灾、辟邪驱恶、开饭馆、办酱园、设武馆、建学校、做衣服、磨豆腐等等有一百多种职业拜奉关羽为"祖师爷"或"保护神"。他真是"万能之神"，全民崇拜。

这又因为他曾是人，他这个神是人的"升级版"，能实实在在地折射出人的理想和愿望，所以才愿意拜他、求他，相信他能理解人间疾苦。

关羽，真神！

不掩藏自己的疯狂

——追祭艾伦·金斯伯格

一晚辈自恃英语已学得相当可以了,突然闯到我这里来,想找点"有意思的原版书"看看。我有两条理由可以回绝他:第一,我的存书历来不外借,这一条看来对他不管用,"他"自认为不属于"外"。我也不好就非说他不是"内"。头一条不行还有第二条:我不懂英文,也不收藏英文的原版书,书架上的外文原版书均是国外朋友送的,对年轻人来说恐怕谈不上"有意思"……我的话还没有说完,他已经从书柜的里层掏出了艾伦·金斯伯格(Allen Ginsberg)的诗集《嚎叫》,嘻嘻叫喊着,这本就很有意思。旋即溜了出去。

我情不自禁地重复着孩子的话,现在的年轻人对自己老祖宗留下的经典也未见得会有这般热情,却对一个美国颓废派诗人这么感兴趣?这的确是有意思。从这个现象联想到金斯伯格这个人和诗,都是非常有意思的。我起身关上书房的门,找出艾伦送给我的磁带放进播放机,房间里即刻充满了一种强有力的乐声,浑厚、粗嘎,饱含沧桑……艾伦已经去世一年多了,还没有写一点纪念他的文字,现在听着他的歌声,心里格外怀念他,跟他相识的一些细节像电影镜头般地一个个闪现出来。

1982年10月,第一次中美作家会议在洛杉矶加州大学一个小礼堂里举行,台下坐着自愿来旁听的观众,台上交叉坐着八位中国作家和八位美国作家。艾伦坐在我旁边,中等身材,略胖,但不臃肿,有个格外引人注目的大脑袋,光光的头顶四周长着一圈灰白色的卷发,和浓密的灰白卷须连成一气,蓬蓬勃勃。他的眼睛大而明亮,有一双年轻人的眸子,喜欢凝聚起目光看人。给我的印象极为强烈。开幕式上每个作家可以讲五分钟,在这五分钟里要介绍自己的文学经历、对文学的贡献以及对美国的认识。出于好奇,借助从联合国请来的同声翻译我几乎记录了每个人的发言。

爱伦的发言最有趣,用宣言式的口吻上来先宣布:"我爱男人不爱女人。诗人的语言不应该分为公开的话和私下的话,我有25年没有打领带了,为了参加这次美中作家会议,我认真地打上了领带。主观是唯一的事实,我们身体内外六个感官感觉到的东西才是诗。而细节只能是散文的内容。没有空洞的思想,眼睛是可以把所有事物改变的,写诗就像统治国家一样,不要把疯狂掩藏起来!诗——不是人创造出来的客观事物,它是一种精神的变化过程,是一种启发,是人的完整叙述,是自我预言……"

我不会写诗,又不懂美国,他的话让我感到新奇精致,别有深意,同时又有些云山雾罩,不知所云。待接触多了,又读了一些关于他的背景资料,就越发地尊敬甚至喜欢上了这个人。无论去哪里他都带个小手风琴,喜欢喝茅台酒,酒量又不是很大,只要喝上一两杯就进入微醺状态,开始自拉自唱,率直可爱。

金斯伯格曾做过各种各样的工作:油船上的厨师、电焊工、洗碟子工和夜间搬运工。以后从纽约迁居到旧金山,据称旧金山吸引他的是"波希米亚——佛教——国际产业工人联合会——神秘——无政府主义等光荣传统"。他在这里结识了加里·斯奈德等一批活跃的美国诗人。当时正值美国的经济不够景气,群众厌战、反战的情绪很强烈,尤其在青年当中,酝酿着一股强烈的对现实不满的浪潮。就在这时候金斯伯格的成名作《嚎叫》问世,它表达了群众对社会不满的呼声,尤其强烈地表达了青年人精神上的不满,立刻引起轰动。金斯伯格开始到群众集会上、到大学里去朗诵自己的诗作,这样的集会少则几十人、几百人,多至几万人。他的朗诵常常是先从念佛经开始,继而背诵或朗读自己的诗,到了高潮青年们把他抬起来,一起欢呼,高声把他称为"父亲"!有人将他的朗诵和歌声录下来,到处播放,渐渐地他便成了美国"垮掉的一代的父亲"。人们把他第一次朗诵《嚎叫》的那个晚上称为"垮掉的一代诞生时的阵痛"……

有一天晚上他带我去一个当地的青年俱乐部,亲身感受到了青年们对他的热爱,周围一片欢呼,还专门为他举行一个欢迎仪式。有人告诉我,是金斯伯格让诗从书本上走出来,走到了美国公众的舞台上,把诗变成一种朗诵的艺术。他不仅在国内朗诵,还到过世界许多国家朗诵诗歌、追寻宗教。他跟我讲,不是所有的国家都欢迎他,古巴就曾把他"驱逐出境",还有的国家拘留过他。他表示很想到中国来。我告诉他,你如果到天津,我可组织一个诗歌朗诵会,相信你一定会受到欢迎和友好的接待。这样一位浪迹天涯的诗人,心却非常年轻,对生活总是这么坦率、真诚,浓郁的诗人气质并不随境遇而变。那一年,他已经出版了14部诗集、14部散文集,创作了6部摄影集,参加过5部影片的演出。

1984年,艾伦·金斯伯格作为美国作家代表团的成员，来北京参加第二次中美作家会议，下榻在竹园宾馆。他喜欢宾馆里迷阵一样的庭院，小巧玲珑，整洁幽美。一有时间就要求我带他去逛大街，还希望能看看北京的青年俱乐部。我请教了许多人，也没有找到一家艾伦心目中的那种青年俱乐部。第二次中美作家会议要共同讨论的题目是"作家创作的源泉"。金斯伯格的发言排得很靠前，中方的会议主席冯牧先生致开幕词之后，就轮到了他。他仍然用固有的坦直语气令与会者耳目一新："我写诗，是因为我把自己的思想看作是外部世界的一部分。我写诗，是因为我的思想在不同的思路上徘徊，一会儿在纽约，一会儿在泰山……我写诗，是因为我终究是要死的，我正在受罪，其他人也在受罪。我写诗，是因为我的愤怒和贪婪是无限的。我写诗，是因为我想和惠特曼谈谈……我写诗，是因为人除了躯壳，没有思想。我写诗，是因为我不喜欢里根、尼克松、基辛格……我写诗，是因为我充满了矛盾，我和自己矛盾吗？那么好吧，就矛盾一下吧！我写诗，是因为我很大，包括了万事万物……"

　　你可以不同意他的观点，却不能不承认他独特的想象力。在某种意义上说，他整个人就是诗，因此有着很特别的感染力。有一天金斯伯格拿着一本中文的《美国文学丛书》找到我，上面翻译了他的诗《嚎叫》。对我说："我的全部诗集加在一起所得的报酬，相当于美国一个小学教员一年的收入，因此我是很穷的，主要靠朗诵挣钱。我想在中国多旅游一段时间，但带的钱不多，你能不能让这家杂志付给我稿酬？"

金斯伯格并不因为来到中国就变得虚伪些，就故意装假，他提出这样的要求是正当的，合情合理的。我向他解释："我们的稿酬比你们的还要低，每二十行诗算一千字，按最高标准给30元，你这首《嚎叫》顶多拿150元钱，靠这点钱在中国旅游恐怕不够。我有个建议，你向你的团长提，我向我的团长提，请你到天津讲学，可以讲自己的思想，自己的故事，朗诵自己的诗，也可以边拉边唱……我会以讲课费的形式给你一些补偿，让你足够在中国旅游的。"这个建议最终未能实现，美国作家团在中国的全部活动早已安排好，金斯伯格必须随团集体活动。我是怀着一种无奈跟他道别的，他却信心十足，表示一定要单独再来中国，那时一定会去天津。

我认为这对一个美国人来说不是难事，可是一等不来，二等不来，等来等去等到了他仙逝的消息……

腌菜何以成"王"

或许你对海因茨（Henry J Heinz）这个人有些陌生，但你肯定吃过番茄酱、炸薯条，这些都是他的创造，被称为"腌菜之王"。他是世界上最大的食品加工企业的创始人，他的腌黄瓜、番茄酱及冷冻马铃薯，至今外销量仍居全美国第一位，100多年来独步全球，并带动了汉堡与薯条业的兴起。他成功的哲学是："忍耐着结实。"

在欧洲莱茵河畔，有一块物产丰富的土地，名为"巴伐利亚"，出产着德国最好的蔬菜与葡萄，当地人也个个是天生的好农夫。19世纪初期，莱茵河畔烽烟四起，巴伐利亚人只好离开家园，带着家乡的种子四处流浪，其中一批远涉重洋，落户于美国匹兹堡东部的一个小镇上，开始拓荒种地，繁衍后代。海因茨就出生在这里。为了鼓励种菜，特别是吸引年轻人安于开荒种地，小镇上的一位种菜富农库克，每年都要举办一次马铃薯大赛，当地18岁以下的年轻人，可以挑一颗亲手所种的马铃薯参赛。1851年的马铃薯大赛上有一个最惹人注目的参赛者，数他个子最小，因为他只有7岁，当他掏出了自己种的那颗巨无霸马铃薯，却让众人大大地吃了一惊。他就是海因茨，当时获得了第二名，领到的奖金是6毛2分钱。

就是这不足1元钱的奖金，却让海因茨认为是自己一生中得到的"最难忘的大奖"。是那次得奖为他的一生开启了一道门，他为了种出更好的马铃薯，就需向别人请教有关土壤、水分、施肥、除害及种植季节等等诸多方面的知识。种植马铃薯是一种非常辛苦的劳动，能用自己的辛勤汗水换来成果，让他从小就体验到："劳作是一种神圣的工作。"海因茨从8岁开始，就提着个小篮子到餐厅兜售马铃薯，而且不停地琢磨怎样才能卖得更多。到10岁时，篮子换成一辆独轮车。12岁时改用马车……他渐渐形成了自己的生意原则："卖出去的东西都要是品质最好的""一个人只要把平常的事做得比平常的好，就是一种成就"。于是，海因茨的客户越来越多，而且还有着极好的信誉，连匹兹堡市的一些菜市场都指定要他的马铃薯。他的生意也因此越做越大，开始兼营洋葱、丝瓜、辣椒、菠菜等等。卖菜，绝不是一个轻轻松松就能赚到大钱的行业，每天凌晨两点就要起床，把菜分装好，摆放到车上，四点钟出发到市场上去卖。下午，又要到各农场去挑选品质好的蔬菜……天天、月月、年年地如此往复，一干就是几十年。

　　后来有人想出巨资买下他的公司，劝他说："你辛苦了大半辈子，理当获得更多的钱，以享受奢侈的生活。"不想遭到了海因茨的拒绝，他说出了一段后来被广为传诵的话："我不在乎你的钱，只喜欢做生意。因为做生意给我一种责任感，赚更多的钱却无关乎责任感，对我是没有意义的事。做生意的责任是卖给顾客最好的产品，我的原则是有品质的生意，比更大的生意重要。我是为好品质工作，不是为钱工作。如果产品拥有好品质，好的顾客就会来，钱自然也会跟着来。"后来的一系列事情的发生，仿佛就是为了印证他的信条。海因茨在卖菜的时候注意到，家庭主妇在处理洋葱时，常会被辣得流眼泪，淌鼻涕，不停地吸气哈气。他就想怎样能帮助她们，减轻她们的负担，便决定先把洋葱去皮、煮熟、包装后再卖……就这样他跨进了食品加工业。没想到这个古老的冷门行业，正要进入新时代的转折点，他碰对机会了，订单如雪片般飞来。紧跟着他又推出了芹菜酱和腌小黄瓜。对他视为生命的经营品质的真正考验，是在1875年8月，他的"海因茨——诺伯尔"公司为了能优先收购到高品质的农产品，曾提前与芝加哥、圣路易以及伊利诺伊州的农民签约，丝瓜一篓60分，菠菜一吨10元……没想到那一年农产品大丰收，市场上菜价大跌，但合约已签，海因茨坚持按合约价进货，光是丝瓜一天就要进2万篓，其他菜更不用讲了，菜多得不得不倒入大海。但公司仍在赔本收购，碰巧又赶上那一年美国经济萧条，一家家的银行倒闭，一家家的企业破产……在这股大潮的冲击下，海因茨的公司也破产了。

　　但他仍不肯以破产为由不履行合同，让农夫们吃亏，他四处借贷，拍卖自己的住房、厂房、设备……倾家荡产也要坚守信用。海因茨从一个富翁变成背着一身债务的穷人，但他仍然坚持自己的信仰："一个诚实的人不会在商场上倒下。"海因茨的夫人从娘家借来一点钱，第二年春天，他的腌黄瓜又开张了。他没有能力一下子再跨进其他行业，就守住一瓶瓶的腌黄瓜。匹兹堡周围几百公里，远至纽约、印第安纳、伊利诺伊、密歇根的农民，听到海因茨的公司又开张的消息都非常高兴，纷纷表示只要海因茨想要买的东西，他们就把品质最好的农产品都留给他，别的公司出再高的价也不行。因为海因茨在最难的时候信守诺言，他不只是一个生意人，还是农民最忠实的朋友！

海因茨以巴伐利亚的配制手法，用番茄的甜去配腌渍瓜的咸与酸，就成了红红的番茄酱。他自己先尝，觉得好吃再让家人尝，然后给马路上的行人尝，过路的司机只要告诉吃了这种酱的感觉，就可以随便吃……待到大家都说好吃，他才正式推出"海因茨番茄酱"。产品一上市，订单就如潮水般涌来。海因茨没有被成功冲昏了头，仍然坚持"忍耐着结实"的经营手法，要求番茄酱由采收、搬运、制造、酸咸甜度、包装、储存以及运输等各个环节，都必须保持最高的品质。他鼓励员工发现问题，凡能指出问题的人可获得150元的奖励……在当时，这可是一笔大钱！

而后又是"鲔鱼罐头"……海因茨渐渐成了真正的巨人。当时，美国市场上的规矩是"货物售出，概不退换"。海因茨却提出："售出货品，保证退换。"只要顾客不满意不仅随时可以退换，甚至在吃了一大部分之后不满意，照样可以拿回来退。他认为商业应该是一种互惠的行为，因此保护顾客是卖方的责任。就像农民必须要保护土地的利益一样。他还主张把食品的成分标示在包装瓶罐的表面，政府有权抽查食品成分是否符合标示……

——这就是腌菜能够称"王"的原因。

车轮上的共和国

当年,红军在异常艰苦卓绝的长征途中,中央首长曾想杀掉马匹为战士充饥。而战士们却保护住了首长的坐骑,并响亮地喊出一句富有经典意味的口号:"让革命骑着马前进!"

革命骑着马,最终创立了共和国。

而飞速建设中的新中国,光有马的速度不行。还需要装上飞旋的车轮,获得一种汽车的速度。济南规模最大的一家兵工厂换牌改成汽车修造厂,副厂长王子开是个"老兵工",某一天突然被召到北京,做梦般地见到了机械工业部副部长、充满神奇色彩的大权威沈鸿。紧接着他听到了一些似懂非懂、如诗如歌般的话语:你是个老兵,肯定懂得反围剿的意义,我们成功地进行了无数次的军事突围,才赢得了革命的胜利。今天国家在进行着一场政治和经济上的反围剿,速度就是生命!我们制造两弹一星,就是要拥有空中的速度、宇宙的速度，在地面上我们要掌握所有车轮的速度，无论是铁轨上的还是公路上的车轮。国家要强大，必须车轮滚滚……

在延安时期就被誉为"机器神（沈）"的这番话，王子开并没有完全领会。但副部长给他下达的任务，却是神圣而硬邦邦的，他不仅听懂了，还把每一个字都用凿子刻在了心上：制造八吨以上的载重汽车！他像战争年代接受战斗任务一样，不打折扣，不讲二话，待热血沸腾地走出了国家机械部的大门口，才忽然想起自己还没见过八吨载重车。见都没见过的东西怎么制造呢？没有吃过猪肉，无论如何也得见识一下猪走啊！

王子开本就是个能耐人，他急中生智决定在长安街上蹲守。长安街是中国的脸面，凡是稀奇古怪的好玩意儿，比如八吨载重汽车，一定会到长安街上来显摆。如果在长安街上还看不到这种车，那到别的地方就更见不到它了。他坚信守住长安街，就一定能看到"猪走"。每天早晨天不亮，就揣上两个馒头来到长安街道边上守候，眼睛死死地盯紧每一辆过往的车辆。守到第十一天的下半晌，才看见一辆大家伙，平头高肩，车体雄壮，他拦住一问果真能载重八吨半，是捷克造的。他仔仔细细地看了个遍……

1960年4月，济南生产出第一辆八吨载重卡车。半个月后，毛泽东、朱德等国家领导人就来到这辆大卡车跟前，从前到后，从左到右，围着车看了一圈儿，这儿拍拍，那儿摸摸，洋溢着抑制不住的喜爱之情。原国务院副总理李先念，还坐进驾驶楼子亲身感受了一番它的性能。朱老总当场挥毫，为此车命名"黄河"。

此名一出，响亮而厚重。

黄河被誉为中华民族的"母亲河"。于公元前2800年就孕育了中国文明，并以其雄浑壮阔和坚韧不拔，著称于世。黄河载重卡车也一样，它是中国重型汽车史上第一个民族品牌，传承着黄河的精神。

——那是一种民族的精神，母亲的精神。

"黄河"车一上公路，别的车都情不自禁地为它让道。是向它表达一种敬意，也因为它的块头太大了，在当时的公路上堪称巨无霸。

黄河滚滚，车轮滚滚。从某种意义上说，各种型号的黄河重型卡车，改变了共和国的建设速度，演绎了建设者创造的激情。作为对他们创造了"黄河"的奖赏和鼓励，当然也是一种重托，1983年，国家给"济南汽车制造总厂"挂上"中国"的牌子，成立了"中国重型汽车工业公司"。1989年末，再次升格为"中国重型汽车集团公司"，有职工10万余人，一个名副其实的重型汽车王国。

然而，这是一个消解神话的时代，大有大的危险。在20世纪末的"亚洲金融风暴"之后，重卡业终于盛极而衰。表面上看是起因于现实，实际却沉积于历史。2000年7月26日，朱镕基总理主持国务院办公会议，鉴于"中国重汽集团"的根基以及大本营一直在济南，"黄河牌"重型卡车又是中国汽车工业的一个里程碑，它不仅是重卡业的一个标志，也是共和国成立以来一个标志性的文化符号。于是国务院办公会议决定将"中国重汽"下放给山东，进行重组，希望能绝地再生，重振雄风。

重组，是为了重生。要重生，就得先死过！一个企业债台高筑，一片萧索，停工停产，停发工资，比死还难受。国家改换了集团的高层管理人员。所谓高层管理"高"在哪里？还不就是解决难题、解决复杂问题的能力高一些。重汽一恢复生产，氛围大变，连厂区的味道都不一样了，好看的场面也多起来。在总装配线上，一个叫和光的小伙子，发疯般地不知连轴干了几个昼夜，当他亲手装配的第300辆车下线的时候，他突然坐在地上哇哇大哭起来。班长问他怎么了，他说太累了。班长朝他屁股踢了一脚："你个熊包，累了就歇一会儿，要不躺下睡一觉，哪有一个大老爷们儿累了哭的？"班长正数落着却发现和光打起了呼噜……

2000年11月16日，国务院总理朱镕基来山东考察国有企业的发展态势，在一个跟企业家的座谈会结束之后，把重汽集团的新总裁马纯济叫到眼前问道："据说你们重汽亏损80多个亿，可是真的？"

总理态度温和，但口风凌厉。马纯济非常紧张，来不及多想便据实而答：不是真的，比这个数大得多，经中央审计署核查确定之后是104亿。

总理似乎有些意外："一提到亏损别人都往少里说，你怎么往大里说？"

马纯济的汗下来了："不说实话不行啊，今天跟您再不说实话，还要等到什么时候说呢？不过请总理放心，自我接手后重汽的事情就都由我负责，包括债务，我们不会再这么亏损下去，所有欠债也都会归还的。"

朱镕基总理以特有的锐利眼光看着他，半天没有再吭声，似乎是在考量眼前这个临危受命的马纯济……忽然，总理起身离座："谢谢你能跟我说实话，这让我对你的承诺也有了信心。来，我们合影留念。"

此时，马纯济已浑身透湿。

获得重生的中国重汽，此时既不缺方向感，又有了可信赖的领导班子，剩下的就是"干"了。也唯有通过"干"，才能验证和体现企业的全部管理理念。装配车间450米的生产线上，有上百个工人在 33 个工作岗位上每六分钟就下线一辆重型卡车，红的黄的蓝的绿的……不同品种、不同型号、不同配置，几乎没有重样。他们同时可以装配 27 种车型。很快在民间就有了顺口溜："远看像进口车，近看是中国车；打开车门往里瞧，竟然还是咱黄河！"

黄河少帅、黄河王子……被称为"中国重型汽车的神来之笔"。紧跟着又开发出"飞龙"系列，先后推出一百多种车型。以重汽产品为标志的中国重型卡车，开始向人性化、舒适化发展。从此，中国重汽走上了"生产一代、储备一代、开发一代"的良性运营秩序，源源不断地推出新产品，总能给市场和消费者以鼓舞，有更好的和更适合你的新车造出来，等待你去拥有、去感受。

紧接着被命名为"斯太尔王"的新车下线，如横空出世，立刻引领市场潮流。随之一鼓作气重汽又开发出"豪沃"系列重卡，简直令人目不暇接……2005 年春节前，胶州市开重卡致富的小伙子李进，别出心裁地组织了一个庞大的重卡车队迎娶自己的新娘。打头的是"黄河王子"，后面还有新型的"黄河 14×14""豪沃""斯太尔王"等共有 11 辆。吸引了一大片人围着看热闹。新娘的娘家人不知想难为他，还是故意让他显摆显摆，大声问他"豪沃"是什么意思？他张口就来：这还不懂？"豪沃"就是豪华沃尔沃，

"斯太尔王"就是世界名牌重卡的王中之王！人家再问："明明是中国车，为什么要起个洋名字？你又不是娶外国新娘。"李进说："你们才是老外哪，现在的世界名牌哪还讲国界！你喝的可口可乐就是在中国生产的。沃尔沃也不是瑞典话，是拉丁字母，翻成中国话就是'我滚'。这个'滚'可不是'我滚蛋'，是'我滚动无前'，'豪沃'滚动无前！"

其实，无论合资也好，引进也好，都算不得是今天才有的新鲜事，早在80年前，中国就做过这方面的尝试。1929年，张学良在沈阳迫击炮厂筹办汽车工厂，投资80万大洋，两年后制造出"民生"牌载重1.8吨的货车。该车的发动机、电气设备及后桥都是外购，其余部件自制，可以说是国内正式生产的第一辆卡车。正准备陆续投产，"九一八事变"爆发了，工厂被日军强占。

说起中国汽车工业的命运，实在是一个沉重的话题。许多人可能还记得，在改革开放之初，有一个很霸道的汽车广告，几乎家喻户晓："车到山前必有路，有路就有丰田车。"当时中国公路上行驶的水泥搅拌车清一色都是日本产品。重汽集团到2003年，就完全具备了制造水泥搅拌车的技术实力，不干是不干，要干就大干，几乎又打了一个"八年抗战"，成为重卡市场上的主导，终于把日本搅拌车挤出了中国。

—215

他们有另外一个时间进程表：2005年开始整车出口，重型卡车中也包括水泥搅拌车。2006年整车出口10000辆。2007年向俄罗斯出口重型卡车6000辆；还用一个月的时间为泰国设计出重型环卫车，当年便出口3000辆；当智利的公路上出现了中国重汽集团生产的重型卡车时，惹得看新鲜的圣地亚哥人一阵阵大呼小叫："中国人来了，中国汽车来了！"

无论是金融界、经济界，还是企业界，没有人不相信这句话："当今世界，是资本的江湖。"一个企业的价值，以及考核其干得成功与否，在于它能否上市，在哪儿上市，企业的投资价值，取决于企业的价值。中国重汽集团于2008年11月，在香港成功上市，立刻吸纳资金90亿港元。

2009年7月，拥有250年历史、世界重卡前三强之一的德国曼公司（MAN），以5.6亿欧元（约合人民币53.9亿元）购买中国重汽25%的股权，成为中国重汽的战略股东，双方签署了长期合作协议。如此，中国重汽的地位和分量，便与它的名字十分契合了。

共和国60年大庆，北京要举行大阅兵，自然需要一批重型卡车，国内外有不少重卡公司想得到这批订单。投标前重汽的代表只说了几句话，连标也不用投就将任务拿到了手。他是这样说的："能为国庆60周年的阅兵造车，是极大的荣誉，是重要的机会，但更是责任，一个中国企业的责任，一个中国公民的责任。所以我要当仁不让了，我不说别人的车不行，但要说只有我的车行。为什么？大家都知道汽车的魂儿是芯片，目前在中国只有我们的车，用的是自己的芯片。先不说别的条件，仅仅从安全可靠这一点考虑，谁能跟我们比？从1960年朱老总为我们生产的第一辆重型卡车命名为'黄河'，重汽的产品就有了浓重的军工色彩，国庆35周年时邓小平同志阅兵，用的就是我们的车。为国庆60周年阅兵提供用车，我们同样是责无旁贷。"

2009年早春，全国人民代表大会开幕后的第二天上午，国家主席胡锦涛来到山东代表团参加讨论，山东的代表们站在门口迎接。国家主席一眼看见马纯济，便走过去低声问道："听说你现在是世界第一了？"

马纯济一惊，急忙解释："仅仅是产销量排第一，去年整车销售11.2万辆，收入520亿，出口整车1.8万辆，创汇5.7亿美元，今年的前两个月也都是第一。但这并不说明我们最强，是世界经济下滑，让我们显得突出了。在重卡的质量和技术水平上，我们跟世界第一还是有些差距的。"

国家主席频频点头，流露出一种欣赏："你这个话是实事求是的。"

一个月后,国家主席又来到中国重汽集团实地考察……足见国家对重汽的重视。因此人们一直将中国重汽喻为"国家的车轮"。

国家有个这样的车轮,可以想见车轮上的共和国,也必雄风浩荡,一往无前。

趣谈生活

慢煮生活,趣谈人间滋味。

对虾传

将国庆长假称作"黄金周",实在是国情的一大特点,出游多少人,吸金多少亿……一切都要归结到金钱效益上。于是海滨名城青岛,因吸金过狠将大虾卖出天价,成为黄金周里在"金"上栽了大跟头的轰动新闻。这说明罗斯金的理论还没有过时,经济并不意味着消费货币或节约货币,经济的意义在于经营和处理一个国家、一个家庭。叫"黄金周",并不等于让你摸着钱边抠钱眼儿。这忽然触动了我的心念,想为对虾写个小传。现在人们所说的大虾是个含混的概念,养殖虾也称大虾,好像除去海米都是大虾。我心目中真正的大虾是"对虾",必须是野生的,雌的长18~24厘米,雄的略小一点,也比姚明张开的手巴掌还要长。所以我小时候买盐煮对虾都是论对,一角钱可买雌雄一对,单买一个人家不卖。

我们村离海边大概还有三四十里地,每年刚开春和秋后庄稼都收拾完了，三哥都要到海边去买一次海货。一大早推一辆胶皮独轮车从家里出发，到深更半夜才能回来，那独轮车装得跟一座小山似的，以对虾、海蟹为主，还会有几条大鱼和一堆我不认识的海货，此后好多天我们家的院子里都弥散着喷香的海味儿。至今还令我念念不忘的，是母亲做的对虾酱和螃蟹酱，离开家以后到过许多海边，还当过几年海军，吃过多种渔民自己做的和市场上卖的虾酱、蟹酱，没有一种能跟当年我老娘的手艺相比。那么我三哥每年都要推回来两车海货，要花多少钱呢？具体数字我记不得了，只记得大人们有两句对话："弄这么一车得花多少钱？""咳，就是仨瓜俩枣。"

这是1950年代的事，到了60年代以及70年代前期，对虾的身价几何呢？我有一年轻的朋友，正好就是青岛人，今年刚48岁，属于"60后"。他小的时候常被派去给大队办事，干一天下来不给钱，不给粮票，也不给记工分，只发给十几个对虾，有时成双给16个，有时是论单给15个，但不管是双数单数管发虾的人粗糙，根本不分雌雄，你愿意多拿俩也可以。我这个朋友却宁愿一个对虾都不要，盼着能发给个饼子或窝头。可见那时对虾的价值排在粮票、工分、窝头之后。

他最怕的是每个月的5号，这一天没有饭吃，一人一大海碗(相当于现在一小盆)煮海鲜,对虾、海参、鲍鱼等等,太难吃了,非饿得实在受不了啦才咽得下去。他如今是"成功人士",手里不缺真金白银,每次招待朋友海鲜是不可少的,但凡是跟海沾边的东西他绝不动筷子,就是小时候吃怕了。那时隔三岔五地他还得做一件事,傍晚放学后家里给他两角钱,随便找个筐,多大都行,只要自己能拖得动。到码头上随便找一条近便的船,把两角钱一交,上船随便装,无论是虾、蟹、鱼、参……有什么装什么,装到自己快弄不动了为止。那时鱼虾不值钱,有时多得能把船拱翻,人躲闪不及被砸在鱼垛里会被鱼挤死。

"时间就是金钱"——真是一点不假,时间过去几十年,大虾的价钱翻了几百倍。还不是对虾,真正野生的大对虾已经很难见到了,但它活灵活现地留在我的记忆里。说起来也怪,现在回忆它比当年真吃它可香多了。国庆长假没有赶潮流出游,坐在家里看着新闻怀旧,这是人老了的表现。却又觉得有"旧"可怀是一种欣悦。不管是什么作礼物,人类只能收下时间带来的一切。记不得这是哪位哲人说的了,大意如此。

爱情欺负什么人

一位刚走出大学校门不久的年轻编辑，非常崇拜某女作家，求我写了封引荐信，千里迢迢去"朝圣"。"朝圣"归来仿佛突然长大了十几岁，口称知道人间是怎么回事，知道生活是怎么回事了，已经过去好长时间，还对那位女作家过的日子感慨不已。她没有想到自己心目中的文学女神、一代才女，竟然过着近乎于凄凉的日子：独身一人，请了一个保姆，每隔三天来一次，帮助收拾一下屋子，做一顿有干的有稀的饭菜。在保姆不来的日子里，她便吃剩菜剩饭，或随便糊弄一点，有一口没一口。

女才子刚50岁出头，功成名就，按理说正是享受人生的最好时期，抓住中年的尾巴，充分体验成熟的生活和成熟的生命的种种欢乐。而她却没有，早早地松开了手，提前以老年的心境安详自然地迎接老境的到来。这是为什么？她内心深处怎样认识自己生活中的缺陷，是无可奈何地接受,还是喜欢这种缺陷?

这位年轻的编辑也是女性,所以感触就格外深切。曾引以自豪的满脑袋现代意识,也受到强烈的震颤,以致动摇并生出许多疑问:俗云"少年夫妻老来伴儿",为什么年轻的时候称夫妻,而老了就称"伴儿"?"红颜多薄命""赖汉子找好妻"……这些重复了千百年的老话,至今仍在重复,一定有它的道理。它成了创作上的一个很大的套子,历代都有文人钻进钻出,套来套去,也说明生活里还在不断发生这样的故事。这不能不说是优秀女子的悲哀。

用不着我来饶舌,打开现代社会这本大书,有多少"女强人"被无能的丈夫背叛乃至遗弃;有多少出类拔萃的女性拥有漂亮的容貌、成功的事业、足够多的金钱等一切令人妒忌的东西,唯独不能拥有令自己满意的爱情,或者曾经有过但没有全始终。莫非爱情也是"高处不胜寒"?这里有没有什么规律可循?

对不同的人来说,爱情的分量也不一样,从重达千斤到轻如鸿毛的都有。有人时刻准备用整个生命去爱,为了爱而生存,视爱情为人生的全部,为追求伟大的爱情即便毁灭了人生也无愧无悔。这是悬空式的伟大恋人,把自己整个吊在了想象中的爱情大树上。任何爱都带有强烈的主观色彩，愈是优秀分子，由于智商高、知识多、想象力发达，这种主观色彩就愈重。而客观现实是，那种伟大的灿烂辉煌的爱情不是很容易能碰得到的。于是，视情感为自己唯一所拥有的最珍贵的东西，便铸成了天下情人的悲剧因素。

爱情的辉煌在于浪漫，爱情的长久取决于清醒地对感情的把握，这是另一种人的爱情观。不管讲起来多么动听，写在纸上多么漂亮，爱情只是人类生存中的一个重要内容，不是生存的全部。不论所爱的人多么重要，也不可能取代一个社会。正如鲁迅所说："人必生活着，爱才有所附丽。"普通人往往既需要爱，也不能离开养育这种爱或毁灭这种爱的现实世界。如果不是选择死，而是选择生，就不能排斥理智。理智是人类为了生存而付出的"沉重而又无可奈何的代价"，人要生存就不能没有理智的帮助，不要理智就是取消人类的存在。当然，这里所说的理智的"重大功用"，并不是单指用它来对付爱情。

然而，古典式或者浪漫式恋人所信奉的真正的爱情有三个特性："强烈、疯狂、毁灭。"这显然是排斥理性的。理性介入爱情，必然注重现实，讲求实际。这很容易被指责为平庸，不懂爱情。而在爱情的波涛中翻船溺水的，常常是那些对爱情懂得太多的人。使爱情和不幸成了相等同的概念。这是因为爱情有欺骗自己的天性。

古今中外举世闻名的爱情和各种艺术作品里的爱情，就是一种美丽的诱惑。正因为真正的爱情难寻，人类基于对爱情的渴望才生出许多想象，编出许多故事，无形中给爱情定出了一种标准。倘没有这个参照系，人间也许会少些爱情悲剧。实际上每个人的爱情都有自己的条件，自己的特殊性，跟谁的都不一样，尤其跟古今中外著名的爱情范例不一样，这才是你的。优秀分子极端推崇独特的风格和个性，爱起来却喜欢跟别人比："你看人家怎样怎样……"

追求理解，寻找知音——其实上帝造出男人和女人是为了让他们相互爱恋，未必是为了让他们相互理解。人际之间尤其是男女之间不可能有严格意义上的真正的彻底的全无保留的沟通。你理解你自己吗？往往似了解非了解反而会产生一种神秘的情感，成就爱情。一旦彻底了解，优点视而不见，缺点一目了然，便会生出许多失望，相互的吸引力也随之丧失。如仅仅是一杯清淡寡味的白开水还算是好的，倘若再清澈见底地看到许多毒菌病块，忍无可忍便会分手。所以，许多长久夫妻的长久秘诀，是爱对方的缺点。一个人身上的优点谁都喜欢，而缺点，尤其是隐秘的缺点，只有爱人知道，能够容忍，当然包括帮助，帮助不好仍然是容忍，久而久之变成了一种习惯，形成了一种惰性，相互适应了。这种习惯和适应构成了一种深切的别人无法替代的关系，生理、心理上的一种完全的容忍、默契、理解，胜过浪漫的爱。虽然爱情的光环消失了，换来的是长久而平实的爱情生活。

从某种意义上说，婚姻也是一种包容，包容婚姻中的各种的缺陷。高调好唱，但不要说爱缺点，即便是容忍缺点对一个优秀人物来说，也是很困难的，因聪明人爱挑剔，会挑剔。凡事都有个限度，不同的人、不同的爱情、不同的家庭，有不同的限度。如果容忍变成了一种下地狱般的痛苦折磨，岂不成了罪孽？这要看容忍什么样的缺点，看对方还有没有值得重视的优点，对有的人来说容忍变成了"嫁鸡随鸡，嫁狗随狗"，对另一些人则是"夫唱妇随"。

生活中常有这样的事情：某夫妻中的一个曾犯过严重的很丢人现眼的错误，邻里朋友还记忆犹新，可人家两口子又一块儿上街、散步、说说笑笑，日子过得还不错。当事人、受害者比别人转弯子还快，这是为什么？一个女研究生热烈地爱上了自己的导师，这位导师正值中年，是个有成果的名人。他的夫人知道了，不气，不躁，找到了那位研究生，心平气和地问她对自己的导师知道多少，他有名气，有成就，别人很容易看到他的优点，很容易喜欢他，爱他。这位夫人又列举了只有她才知道的他的许多缺点和身上的疾病，讲了自己是怎样忍辱负重地帮助他，照顾他，使他有今天还有牢靠的明天。最后坦诚地问研究生："如果你自信能比我做得更好，我就撤出，成全你们。"结果，在这场感情纠葛中撤出的是那位研究生。她没有把握在成了导师的妻子以后还能长期忍受他的缺点和那讨厌的疾病。

现代社会流传着不少害人不浅的观点："爱情和婚姻是两回事，爱情常常毁了婚姻，婚姻也可以毁了爱情"；"享受爱情和享受生活是矛盾的，优秀女子的理想爱情属于一个高尚的社会，无法和世俗的生活谐调"。优秀女子的感情负担太重了。爱得浅了不够味，怀疑不是真正的爱情；爱得太深了又会患得患失，不仅会爱得没有了自己，还将最终失去所爱的人。说起话来思想很"现代"，真正动真情爱上了一个人，又会变得很"传统"。我在一次会议上曾听到一位情场得意的老兄发过这样的感叹："愈是优秀的女子愈烦人！"

看来，对优秀女子来说只有两种选择：要么彻头彻尾彻里彻外的"现代",要么保留一颗女人的平常心。优秀而又幸福的女人多半都有一颗平常的心,她们活得自然而又完整。为爱情而生、为爱情而死的生命,倒常常是有缺陷的。尽管这种缺陷也不失为一种美,一种高尚。记不得是哪位先哲说过大意是这样的话:一个婚事顺利的普通人要比一个过独身生活的天才幸福得多。这话也不是没有毛病,因为每个人对幸福的理解并不一样。

怀有一颗平常的心,就是愿意回到家庭中过普通人的但是牢靠的生活,驾驭爱情,充实自己的人生。所谓用彻头彻尾彻里彻外的现代观念武装自己,就是为了对付爱情的从属性和不平等。把人类"最沉重最可怕的一种情感"转化成一种"轻松、自由、信任、豁达"的男女关系。这就是现代爱情的基本特点。去年二月日本一家妇女杂志《莫拉》做了一项调查,为两种女人打分:一种是以放弃工作专做主妇的山口百惠所代表的温柔贤惠型;一种是以松田圣子所代表的我行我素型,不放弃职业,不舍弃自我。结果是大多数人更喜欢后者。《两性差异》一书的作者韦娜说得更直截了当:"对于男女双方而言,爱情是为生存而战。"

社会继续开放,观念不断变化,带来了许多快速而多变的感情问题：婚姻的缺陷暴露得最多，感情的饥渴者和流浪儿最多，情人最多，几乎冲击了各种年龄各种阶层的人。心里岿然不动者是少数，已经采取了行动的也是少数，大部分人是心里有所动或正准备动。至于怎样动，动的结果如何，那就难说了。敏感的人总是先动，所以要格外珍重。

红旗与渠

国旗、军旗、党旗、队旗，以及各式各样的奖旗，都是红的。但人们一提到红旗，首先想到的是革命的象征、党的标志。所以革命要有红旗引领，出征要在旗下宣誓："生是旗下一个兵，死做旗上一点红！"做出了优异的成绩要感谢红旗，贡献卓著者到盖棺论定时会红旗加身……因此过去的动摇分子最爱提出的疑问是："红旗还能打多久？"心怀叵测者最狠毒的诅咒是："红旗落地，革命变色。"今天已经没有人能说得清楚，当初是谁，又是在怎样的情势下，将"红旗"与"渠"联系在一起，把"引漳（河）入林（县）工程"改成了"红旗渠"？半个世纪来，无数以红旗命名的事业或单位，只剩下了一个普通的名号，如红旗化工厂、红旗百货商店、红旗大街等等。甚至以红旗为象征的许多典型也已成为过去，如合作化时的穷棒子精神、工业化时的鞍钢宪法、"大跃进"时的高产卫星、"文革"

中的大寨梯田、开放之初的大邱庄暴富……唯"红旗渠",是个惊人的例外,至今仍被人们由衷地喜爱和尊敬着。

创造了当今流行文化一个热点的"百家讲坛",向来以翻新历史经典吸引人。2010年却高调宣讲红旗渠,听众踊跃。近几年拍摄的有关红旗渠的影片,如《红旗渠的故事》,获中国电影界的最高奖项"金鸡奖";电视连续剧《红旗渠的儿女们》,获中国长篇电视剧的最高奖"飞天"一等奖……凡跟红旗渠有关的文化产品似乎都有不菲的"票房",乃至带动了以红旗渠为商标的物质产品也同样畅销。据报载中国第一人口大省河南的烟民,数十年一贯地喜欢"红旗渠"牌香烟。举一反三,"中国红旗渠集团"应运而生,目前在全国打着红旗渠旗号的产品有25大类230种之多:红旗渠酒、红旗渠水泥、红旗渠汽车配件、红旗渠型材……文化在选择适合自己的经济,而不是相反。

红旗渠已经形成了一种庞大的文化景象,这也正是它的魅力所在。每年都要吸引近百万自费参观者,其中包括许多外国游客,他们中甚至有人说:"不看红旗渠,等于没有到过中国。"为什么偏偏是一条水渠能代表中国?自新中国成立后,改天换地,移山填海,搞了多少大会战,干了多少惊天动地的大工程,为什么只有红旗渠被当作"除长城之外的第二个伟大工程",在国际上被誉为"世界第八大奇迹"？更为奇妙的是，红旗渠明明还是一渠日夜流淌的活水，却已经被评为"全国重点保护文物"。其人工天河般的构筑，作为现代重要史迹，成了新中国建设史上和中国治水史上的经典。

经典并非是"可遇不可求"。或许正相反，是有所"求"的结果。只不过要看是谁在求，为谁求，求什么，怎样求？当初决意要修建红旗渠，并不是当地官员急着要出"政绩"，也不是奉上级之命，非修此渠不可，相反还要承担违背中央指示的后果。当时中国正处于著名的三年困难时期最困难的阶段，于1960年11月，中央发出通知，为了休养生息在全国实行"百日休整"，凡基本建设项目一律下马，上级还特别督促红旗渠工程也必须马上停工。当时红旗渠工程正是较劲的时候，气一泄就半途而废了！可中央的指示也不能不执行，于是林县县委作出决定：大多数民工回生产队休整，留下300名青年开凿狼牙山隧洞——那是一座出壮士的雄峰，山势险峻，石质坚硬，而隧洞却要洞穿太行山腰。此洞后来被命名为"青年洞"，是现在到红旗渠的旅游者必看的景观之一。

在中国历史上有个传统，好官大多都关心治水。红旗渠工程是官为民求，官求和民求完全统一，其动力、意志和气势，就非同小可，足以排山倒海。他们求什么呢？死地求活，绝处求生。人无水，必死无疑，一个县的几十万生民严重缺水，就等于陷入绝境。土薄石厚、水源奇缺的林县《县志》，记录了旱魔猖獗、十年九不收的惨状，上面写满"绝收""禾枯""悬釜待炊""十室九空""人相食"等触目惊心的字眼。三个男人与一头狼争抢从石头缝里滴下的水珠，结果竟都被狼咬死。大年三十的晚上，桑耳庄桑林茂老汉的儿媳妇，因天黑路陡弄洒了老公公用一整天时间来去走了十四里山路才挑回的一担水，愧悔难当，当夜悬梁自尽……是1959年一场历史不遇的"卡脖子"大旱，逼得林县上上下下都不能不做个决断：与其继续苦撑苦熬下去，不如拼死一战，或许还能拼出一条生路。

于是，酝酿了许多年，也勘查、规划了许多年，翻山越岭将漳河水引过来的工程上马了。前后共有数十万名民工上阵，他们推着小车，自带口粮、代食品、炊具、锹、镐、镢、铁锤、钢钎……浩浩荡荡地奔赴太行山。这是一项大禹式的开山导河工程，总干渠的70多公里要全部在重峦叠嶂的太行山腰上开凿，农民们用长绳把自己吊在悬崖峭壁上施工，头上巨石嶙峋，身下万丈深涧。负责打眼放炮的人，一锤下去一个白点，常常打坏10根钢钎还凿不成一个炮眼。一旦炮响，乱石滚滚，血汗交迸，是人与大自然的肉搏，悲壮激烈，惊天地而泣鬼神。前五年，他们中就有

189名民工牺牲，256名民工重伤致残。他们住山洞，睡石崖，每个人每天的口粮标准只有六两，几乎把山上所有能进口的东西全填进肚子里充饥，先后竟开凿了211个隧洞，削平了1250座山头，架设了151座渡槽。红旗渠人，真是拼了！

"天下事或激或逼而成者，居其半。"历史有时需要一个工程或一个事件，才能看出人的品质。红旗渠体现了林县人最优秀的精神品质，张扬了他们共同的理想。正是这统一的理想，让他们变得无比单纯而坚毅。鲁迅仿佛早就给林县人写好了评语："中国自古就有埋头苦干的人，有拼命硬干的人，有舍身求法的人，有为民请命的人，他们是中国的脊梁。"

林县人耗时10年，经历了共和国历史上最特殊的两个时期：三年困难时期和"文革"动乱时期，在30万农民工的参与下，终于修建了总长1500多公里的红旗渠，解决了57万人和37万头家畜吃水的问题。在通水后的前20年里，粮食亩产就提高了5倍。它不仅仅是一渠水，还是一渠粮，一渠油，一渠蜜……是林县的大动脉，是百姓的生命线。

奇迹就是这样创造的，经典就是这样诞生的。它不是虚夸的精神膨胀，是自然与人的命运的契合，让历史和群众真正从心里叹服，才会成为经典。许多年来，人们习惯了面对红旗说些感谢的豪言壮语,而红旗渠,经历了半个世纪的辉煌,真正让人们体会到了,红旗以"渠"为荣,红旗应该感谢"渠"。正由于此,才有了一个叫"红旗渠"的具有经典意义的先进典型。

横琴变奏

珠海多"珠",有大大小小146个岛屿,如一颗颗翠珠撒落于海。

其中,最大的一颗是横琴岛。分大、小横琴,若两把古琴摆放于珠江口外的碧波之上。千万年来,吟风啸浪,相对而鸣,或急或缓,如泣如诉……

珠江三角洲多"门":江门、虎门、崖门、横门、斗门、澳门、磨刀门、十字门……横琴岛有两个门,西面磨刀门,东面十字门。出此门向东,便是伶仃洋,与珠海的外伶仃岛遥相呼应,更像是横琴的知音。

在外伶仃岛的巨石上,刻着文天祥的千古绝唱《过零丁洋》:"辛苦遭逢起一经,干戈寥落四周星。山河破碎风飘絮,身世浮沉雨打萍。惶恐滩头说惶恐,零丁洋里叹零丁。人生自古谁无死?留取丹心照汗青。"

文天祥为江西庐陵人,在赣江的十八滩中确有一个"惶恐滩"，江流湍急，礁群狰狞，令行船者惶恐惊怖。原本是宋将的张弘范，降元后成了灭宋的统帅，逼迫被囚的文天祥以南宋丞相的身份写信招降坚守在十字门的宋军统帅张世杰，文天祥一挥而就写出这篇七律。

——这也是大小横琴发出的第一次激昂壮烈、椎心泣血的鸣响。时为1279年，大宋王朝覆亡于此。遂使十字门成为古时最著名的一个"门"，并成就了宋人在此"门"上演了全本的"忠、义、节、烈"大传奇。

"忠"的主调，当是由文天祥完成。他被俘后几乎所有的元朝高官和已经降元的宋廷同僚，都费尽心机劝降他，想借他的投降而立功，却都被文天祥或讥或讽或骂地顶了回来。而元朝刚立国，急需治国能臣，开国皇帝忽必烈遍访大臣，又大都举荐文天祥。他不得不亲自出面招降，并许道："汝以事宋之心事我，当以汝为宰相。"

文天祥却不为所动："我为大宋宰相，安能事二姓！唯愿一死，足矣！"

忽必烈无奈，又招来早被囚于元营的宋恭帝做文天祥的工作，皇帝劝自己的宰相一块投降敌人，这在中国历史上绝无仅有。自己的皇帝出面，文天祥只好收敛锋芒，连说："圣驾请回，圣驾请回。"让这个倒霉的皇帝碰了个软钉子。文天祥在一污秽狭小的土室里，被囚了两年多才

-239

被杀，遂留下了不朽的《正气歌》。其耿耿忠心被史家誉为"三千年不两见"！

而将一个"义"字诠释得淋漓尽致的，是十字门守军主帅张世杰。明知大势已去，如果投降不仅能保命，还可享受荣华富贵，眼前就有例子：敌营的主帅是他的叔伯兄弟，降元后又被委以重权。他的外甥降元后也有个不错的功名，并三次进帐招降于他。但张世杰始终正气凛然，誓死尽职。最后时刻，他挺立舵楼，迎着飓风对天呼号："我为赵氏，仁至义尽！一君亡，复立一君，今又亡。我若不死，只望敌兵退后，别立赵氏后人以存社稷。今又遇此，岂非天意！"登时海天变色，狂风呼啸，怒涛如山，刹那间大海便将张世杰和他的战船以及残余宋军，全部吞没。但历史，留住了他的英魂。

与文、张同朝的陆秀夫，背着小皇帝跳海，则将"节、烈"推向极致。陆秀夫是宋景定年间的进士，同榜的状元便是文天祥，古人称"忠节萃于一榜，洵千古美谈"。1277年5月，为逃避元兵躲到广东石冈州一个小岛上的宋少帝赵昰病逝，尚不足10岁。"群臣多欲散去"，唯陆秀夫站出来力挽狂澜："度宗皇帝一子尚在，将置其何地？古有以一旅以成中兴者，今百官有司皆备，士卒数万，天若未欲绝宋，此岂不可立国？"于是拥立年仅8岁的卫王赵昺为帝。但南宋王朝已是风雨飘摇,君臣播越、人心惶惶,而他每次上朝"俨然正笏立,如治朝。或时在行中,凄然泣下,以朝衣拭泪,衣尽湿,左右无不悲恸"。

当看到张世杰战败,南宋王朝想苟延残喘的最后一线希望破灭,宋朝君臣除去投降别无他路。陆秀夫便"先驱自己的妻儿跳海",然后入船舱把小皇帝赵昺请到船头,倒头泣拜:"国事至此,陛下当为国死。德祐皇帝(宋恭帝)辱已甚,陛下不可再辱!"哭诉毕,背起小皇帝,纵身跳入滚滚怒涛。此时的小皇帝已经9岁多,应该懂事了,显然也听懂了陆秀夫的话,知道陆秀夫背起他要干什么,但他不哭不闹不挣扎,不失天子尊严地随着最可靠的大臣蹈海赴死。小小年纪难得有这份烈性,与高风亮节的陆秀夫,共同完成了在中国历史上频繁的朝廷更迭中,最为凄美壮烈的一幕。

——横琴真是一座奇岛。见证过中国的历史,接受过惊天地而泣鬼神的历练,随后竟能把自己藏起来。从历史的大热闹中毅然抽身,回归简朴与自然,在人们的眼皮底下淡出了人们的视线。横琴这一藏就藏了七百多年,藏风纳气,休养生息。直养得山清水秀,土地丰润,就连牡蛎,都格外肥美……岛上"百步万棵树,块块奇石都是景",晴天十步一瀑布,雨时处处有瀑布。岛的四周,海湾像花边一样相互勾连，或沙滩绵延，或怪石嶙峋……

终于，横琴等来了自己的时刻。曾经的壮怀激烈，曾经的大浪淘沙，都化作丰厚的精神积淀，培养了横琴的沉实、从容与大气。谋定而后动，后发而先至——在人类社会的发展与进步中，屡见不鲜。

琴弦已调好，总谱业已写就。而此时的横琴，视野雄阔，气度朗健，要弹奏新的"十字门变奏曲"：大海扬波，清风鼓荡，十字交汇，门通天下。

横琴必兴，又将震古烁今。

邯郸寻梦

在中国传统文化的长廊里有一奇观，或者说是一个谜：有关邯郸的成语格外多。《史记》里记载邯郸的成语典故多达百余条。《中国成语大辞典》共收录成语18000多条，其中属于邯郸的成语竟占了1580多条，如邯郸学步、女娲补天、叶公好龙、滥竽充数、掩耳盗铃、梅开二度、背水一战、破釜沉舟、完璧归赵、毛遂自荐、负荆请罪、纸上谈兵等等。中国再无第二个地方像邯郸这么盛产"四字词组"。

至今人们走进邯郸，有时还恍若进入成语典故之中。倘是顺大道入城，在雄阔笔直的马路两侧，古代弓箭式的电灯杆格外抢眼，杆似箭，弓似灯，强弩硬弓，直指星空。继续前行，接近城郭时，有一巨型城雕迎面扑来：台基高耸，上塑一烈马，剽悍异常，腾空而起，马背上有一勇士，弯弓搭箭，雄姿英发……这正是让赵国强盛起来，成为战国七雄中老二的一句成语"胡服骑射"。

公元前326年，赵雍继位，称赵武灵王。但他面对的却是一个烂摊子，赵国长期积弱不振，随时都有可能被强秦和周围的列国所吞并。赵雍殚精竭虑、梦寐以求地想找到强国之策。在一次外出巡视时遭遇胡人狩猎，他大受启发，发动了一场著名的变革。

当时中原人的装束是长袍宽袖，质地或丝或棉，松松软软。而胡人以兽皮做衣，紧身短打扮，行动利索，便于骑马打仗。中原人打仗以车战为主，用马拉着木轮大车，士兵全站在车上向前冲刺，不得不受到车的局限，笨重而死板。而胡人都是骑兵，风驰电掣，马到人到，人到刀枪到，灵活快捷，占尽先机。赵雍的变革就是学胡人穿"胡服"，练"骑射"。这也正是"改革"一词最早的含义，"革"就是皮子，赵国的改革就是将丝棉换成皮子。

《易经》里有"革卦"："井道不可不革，故受之以革。""天地革而四时成……顺乎天而应乎人，革之时大矣哉！"战国时期中原人很瞧不起胡人，觉得自己穿得松松垮垮、拖泥带水是一种斯文。而赵武灵王"换皮子"的改革也是下了大决心的，他带头穿起"胡服"，并颁布重令督导士兵们练习骑马射箭。这也就是"革卦"里所说的"大人虎变""君子豹变"。领导变革的伟大人物，必须自己先行改革，然后改革周围的人，最后推广于天下，改革才能成功。赵国自此果然强盛起来。

还有，邯郸城中街有条回车巷，传说就是蔺相如避让廉颇的胡同，正是在此演绎出了"负荆请罪""将相和"等著名的历史故事。在邯郸古老的沁河上，还有一座学步桥，即庄子在《秋水篇》里所描述的寿陵少年"邯郸学步"的地方……最令人惊奇的是邯郸北郊真有一个黄粱梦村，村南有座明代的庙宇，名为"吕仙祠"，在这里产生了中国文化史上最著名的一个梦："黄粱一梦"，又称"黄粱美梦""一枕黄粱"。

据唐人沈既济的《枕中记》所载，唐开元七年，穷秀才卢生在邯郸客栈里遇见道士吕翁，两人共席而坐。卢生不免抱怨起命运的不公，自己空有一腔抱负，却报国无门，为穷所困，郁郁不得志。此时店家刚蒸上小米饭，用餐尚早，吕翁便从行囊中取出一个瓷枕递给卢生，让他枕在上面，可即遂心愿。

卢生一枕而觉，一觉而梦，遂见枕之一窍渐大，内中明朗，不觉走了进去，见庙堂之上熙熙攘攘……遂梦见自己举进士、升高官、娶娇妻，随之一展雄图，开河广运，歼敌扩疆，屡建奇功，官至吏部尚书、御史大夫。后遭诬陷，一贬再贬，曾想引颈自刎，为妻所救。数年后终得昭雪，升中书令，封燕国公。所生五子，皆德才兼备，个个进士及第，官高位显，得孙10余人。他为官50余载，最后当到宰相，享尽人间荣华富贵，寿逾八旬。正待无疾而终，忽然惊醒，欠身而起见吕翁仍坐其旁，店家的小米饭还没有蒸熟。卢生无比惊讶："原来我不过是做了一个梦呀！"

吕翁道："人生之道，不过如此而已。"

卢生沉吟良久："夫宠辱之道，穷达之运，得失之理，生死之情，尽知之也。先生所窒我欲也，敢不领教。"言毕随吕翁出家学道。

"富贵荣华五十秋，纵然一梦也风流。"于是卢生的"黄粱一梦"，便成了世上最著名的一个梦。明嘉靖三十三年，由道士出身的国师陶仲文出面，不惜动用国库的储备重修"吕仙祠"，嘉靖皇帝还敕赐"风雷隆一仙宫"的匾额。一百多年后，清康熙、乾隆两代皇帝又两修"吕仙祠"，扩大了它的规模。可见历代皇帝是多么重视卢生的这个梦。是他们自己喜欢此梦，还是希望他人皆在这样的梦中？同为清人的屈复似乎道出了一些个中原委："梦作公侯醒作仙，人间愿欲那能全？从知秦汉真天子，不及卢生一饷眠。"

事变几沧桑，尘缘却并非全是梦幻，情到深处幻亦真。新中国成立后，特别是改革开放以来，由政府投资，对做过黄粱梦的"吕仙祠"进行了历史上最大规模的重修重建。毛泽东"一枕黄粱再现"的诗句，更是让此梦家喻户晓。现代人更是顺理成章地将"吕仙祠"又开辟为"中国梦馆",从史料中精选出4000余种梦,编成《梦典》,分为名人梦、情爱梦、发财梦、帝王梦等诸多门类,供现代人各取所需。

商品社会未免太看重功利,人们就更渴望美梦成真。今人又因为太过实际,而美梦做得越来越少,于是到"梦馆"里来寻梦的人非常之多,旅游旺季以及高考时节,都人满为患。这就越显出"吕仙祠"这座中国首屈一指的"梦文化博物馆"的重要,于是被命名为"国家AAA级文化旅游景区"——这可不是做梦,是因梦获荣。

"梦馆"中最为吸引人的还是完好保存下来的卢生睡像,青石雕成,线条精细,他侧身而卧,两腿弯曲,头垫瓷枕,双目微闭,睡梦正酣,神态悠然,似乎至今仍沉浸在美梦中不愿醒来。游人看客都喜欢触摸一下这位梦中人,或是出于好奇想把他唤醒,或也想沾点仙气让自己也能做个美梦。当地流传着这样的顺口溜:"摸摸卢生头,一生不用愁;摸摸卢生手,什么都会有。"不犯愁还会有梦吗?卢生因愁才"一枕黄粱",愁时如梦梦时愁,醒来疑假又疑真。至于"什么都会有",恐怕也只能是在梦里。

人不可无梦,世上原本就没有不做梦的人。如汤显祖所言："梦中之情，何必非真？天下岂少梦中之人耶！"在这里我们不妨改一下古人的名句："设若落拓邯郸道，可与先生借枕头"。要寻梦，到邯郸。想做好梦，更要到邯郸！

红豆树下

名重一时并引得文徵明、郑成功、顾炎武、袁枚、曹寅、翁同龢、章太炎等历代众多名流显贵前来瞻拜的"红豆山庄",如今只剩下一棵红豆树了。大树四周高墙维护,庄门紧锁。近五百年来,山庄毁了建,建了毁,然而这棵红豆树,却始终森然挺立,繁荫浓重。

谁说"相思"最脆弱、最绵软、最不可靠?一棵树撑起了一个村庄,一个村庄因一棵树而成为一种文化符号、成为古代才子佳人向往的一块圣土……给人以无限怀想和遐思。只要有红豆树在,山庄的名就在,魂就在。至于楼堂瓦舍、横街竖巷,迟早还会在红豆树下铺展开来。红豆山庄从建立的那天起,似乎就秉负了主人的性格和修为,红豆树要撑起的还不只是一个村庄,而是一段重要的历史文化。

宋末元初,以"古今多少兴亡恨,都在声声晚寺钟"

等佳句传世的顾细二,为杭州、上虞一带的名士,向与书画大家赵孟頫交厚。忽必烈入主中原,赵官拜翰林学士,遂向元主推荐顾细二,欲招之入朝为官。顾却坚辞不受,携老小弃家远避,行于虞山左侧,见水土不错,便在补溪畔立户开庄。这才叫"自由"和"清高",不高兴当官,便拉家带口拔腿就走,走到哪儿觉得风水不错就安顿下来,开荒种地,晨耕晚读,补溪岸边逐渐形成村落。

到明代嘉靖年间,顾家后人又从海南移来两株红豆树,红豆珍稀,人见人喜,于是便有了"红豆山庄"的名号。但真正成就了山庄巨大声名的,是奇冷的崇祯十三年深冬,发生了一件奇事:"艳过六朝,情深班蔡"的奇女子柳如是,一身男装打扮,青布束发,蓝缎儒巾,突然造访虞山,叩响了钱谦益家冷寂多时的门环。一个有故事的人的到来,让红豆山庄也有了故事。而故事就是魅力。她一下子给红豆树注入了灵气,成为天下有情人爱恋的象征物,并见证了一段传奇姻缘。

在官场屡屡失意并已丧偶的钱谦益,正心神寂寥、满腹悒郁,柳如是从天而降,令其大喜过望,感动莫名,遂邀柳在自己的"半野堂"住上一段时间,柳欣然应允。他们一同踏雪赏梅、寒舟垂钓,相处和谐,心神大畅。为答谢柳如是相慰之情,钱谦益亲自督工,仅以十天工夫便在红豆山庄为柳如是特建一楼，依据《金刚经》中"如是我闻"之句，钱谦益将小楼命名"我闻室"，以应合"如是"的名字。柳深为感动，她历尽坎坷，成名后虽结交过诸多风流才子，常有千万人捧着，但多是逢场作戏，难托终身。倒是这位花甲老者，知疼着热，有情有趣，反能相知相感，给她一种长久以来便渴望的安适与恬静。敢作敢为的柳如是几次露出以身相托之意，而钱谦益一遇到这种场面总是先感激动容，随后却匆匆将话题避开。或是他心存顾虑，两人年龄悬殊，自己整整大了柳如是36岁。且为罪臣，前程无望，岂不牵累了这位风华绝代的才女！或许这正是钱的高明之处，欲擒先纵。但面对美人的一片痴情，男子的矜拒又能维持多久？何况在他心里一刻也舍不下她。俗云："男追女隔座山，女追男隔层纸。"拖到来年夏天，钱谦益决定要将柳如是娶进家门。

一旦真要办大事了，钱谦益就想哄得娇妻高兴，将婚礼办得别致而张扬。他租了一只富丽堂皇的芙蓉舫，在舫中摆下酒宴，邀来十几位好友，随舫划入虞山脚下的松江之中，在碧波之上，在箫管鼓乐声中，两人一个高冠博带，一个凤冠霞帔，双双拜了天地，喝了交杯酒。这场婚礼引人艳羡，甚至在士大夫中招来物议："亵朝廷之名器，伤士人大夫之体统。"钱谦益能有这份勇气，也恰恰证实了他对柳如是的珍视和真情。可惜,红豆香风留美人,却不一定留得住男人的野心。或因怀才不遇,心有不甘;或越是仕途坎坷,钱谦益越是觉得当官还没有当够。官瘾如毒瘾,正当他费尽心机甚至不惜借助柳如是的关系谋到一个官位时,旋即明亡。作为明臣他们想以死殉国,来到两相识的西湖,决定投水以洗辱全节。到真要付诸行动时,钱谦益借口水凉退怯了。"烈女怕缠郎",何况是"才高八斗,学富五车"的缠郎,永远都有他的道理。任柳如是再刚烈,既为人妇,就得遵妇道,随夫意,只好再退一步,劝诫丈夫隐居世外,不事清廷,也算对得起故朝了。钱谦益慨然允诺,但没过多久借口头皮发痒剃光额发,留起清人的辫子,公开降清并在清廷谋得一个闲差。但他确是命蹇时乖,很快又因一门生犯案被逮,锒铛北上,押往刑部大牢。柳如是扶病随行,上书陈情,请托斡旋,誓愿代死或从死……柳氏的义行不仅最终把他搭救出来,还冲淡了世人们对他降清的诟病。至此钱谦益在官场旋进旋退,三起三落,不免怀念红豆山庄。

  山庄照旧接纳了他们,红豆树宽慰了他们。但,原先并株的两棵红豆树,却只剩下了一株。世道变了,人也变了,怎么能要树不变呢?相思树、相思树,成日在一起还用相思吗?不相思,相思树还能有活力吗?令人讶异的是,在留下来的这株高大的红豆树旁，又长出一棵朴树，与红豆相依相靠、相扶相助，蔚成奇观。由此钱谦益和柳如是过了十年安定的日子，他们还有了个女儿，可谓锦上添花。1661年5月，正当钱谦益80岁生日，12年未开花的红豆树，一夜间含苞吐蕊、异香浓郁，二人大喜，相拥而泣。到9月，霜降叶落，柳如是遣人在树下细细搜寻，终于收获了一枚晶莹饱满的红豆，山庄沸腾……世上恐怕也只有红豆，开花结果才会如此轰轰烈烈。见到它开花已属不易，能得到它的果实就更难。确是"红豆生南国，秋声传一籽"。

在460年里，这棵红豆树只开花23次。距今天最近的一次开花是1932年。或许是因为现代人已经不会相思了，现代人讲究"闪婚""一步到位"，无须相思，不知相思为何物，更用不着一波三折、好事多磨，"空见相思树，不见相思人"，红豆树还为谁开花结果呢？幸好，在柳如是拣到红豆300年后，陈寅恪意外地也得到了一枚红豆山庄的红豆。这枚红豆向他传导了什么信息，致使老先生受到电光石火般的启发和感动，"不顾年老体衰、指僵目盲，穷十年心血"，完成了皇皇80万字的《柳如是别传》？

30多年后，上海一位蒋家才女丽萍，再写《柳如是传》。后人只要谈到柳如是或钱谦益，就绕不开这株红豆树。于是，在红豆山庄俨然形成了一派"红豆文化"，那棵红豆树也成为爱情的吉祥物。或许当人们重新学会相思、珍惜相思的时候，就会发生感天动地的爱情故事，到那时红豆树还会开花结果的吧？

泪厅

一般的战争纪念馆,纪念的多是辉煌的胜利,英雄们的壮烈。而莫斯科的二战纪念馆里,竟有个庞大而奇特的"泪厅"。

自高大而浑圆的穹顶,垂挂下数千万条泪流般的金丝线,每一根金丝线上又都挂着一串串泪滴般的水晶珠……仿佛整个大厅里都是眼泪,滂沱而下,纵横交迸。从四面八方飞洒过来的眼泪,打到每个人的脸上、身上,凡置身其中不可能不心惊眼潮,犹如翻江倒海,波涛汹涌。

丘吉尔说过,战争所能提供的只能是血、痛苦和眼泪。苏联在卫国战争(第二次世界大战)中死了2700万人,其血和泪真可汇成一条江河。据说这个纪念馆是在苏联解体后,由俄罗斯第一任总统叶利钦建议兴建的。

凡来此参观的人几乎都要提一个大致相同的问题:为什么要格外突出地建一个泪厅?是不是因为苏联在二战中

死人太多？中国的参观者似乎在心里还要多加上一问，当然是问自己：在二战中我们死的人更多，却为什么并没有这样突出眼泪？

请听俄罗斯的讲解员是怎样回答这个问题的：对战争最好的纪念就是记住这些眼泪。在这个厅里不为战争评功摆好，那是将军和英雄们的事情。人民对战争的记忆就是眼泪和痛苦。眼泪是柔软的，又最有力量，是一种无声的语言。这些眼泪倾诉了我们这个民族的苦难，还有教训和痛悔。在德国入侵苏联之前我们并非没有得到情报和警告，只是当时的国家领导人没有重视，而且利用"大清洗"倒先把自己的军官杀了大半。

好像是这么回事，"泪厅"里可以随便拿的文字材料上详细介绍了这方面的情况：首批被任命的5位元帅中，二战前被枪决了3位，15位集团军司令被枪决了13位，85位军长被枪决了57位，196位师长被枪决了110位……"是我们自己在战争初期没有打好，才节节溃败，甚至有成千上万的士兵向德军队投降，凡投降者都被德国人杀了。当不得已的战争强加到你的头上，除了武器则别无希望，放下武器就只有眼泪了。"

"泪厅"的讲解员，在引导我们参观完毕后总结说："最后还要提醒大家不可忽略一个事实，眼泪有时也是一种欢乐。不管多么地艰难，我们最终还是胜利了。所以说'泪厅'也是对卫国战争最好的纪念！"

　　重视眼泪，不为流泪羞怯，眼泪就不会白流。在这个很特别的"泪厅"里，听到了俄罗斯人对二战真实而特别的讲解，忽然对眼泪也多了一种特别的认识。

　　顺便提一下，俄罗斯的各种博物馆、纪念馆很多，里面的讲解员百分之九十以上是老太太，且个顶个地博闻强记，滔滔不绝。她们本身就构成一景，并与博物馆的氛围十分协调。由她们来讲解眼泪的故事，有沉重动心的沧桑感，格外给人一种命运的启示。

生动而温暖的墓地

我们是夜里到达莫斯科的，什么都没看到只看到了大雪。好在大雪在我生活的天津也不常见。第二天上午，雪还在下，俄罗斯作家协会的朋友却领我们先来到莫斯科的新圣母公墓，并说让我们先通过死人来认识这座城市。我不免心头一惊，不远万里冒雪来到俄罗斯，竟要先看他们的坟地，难道这片坟地有什么惊人之处，是来到莫斯科所不能忽略的？

大雪中的新圣母公墓，洁白而安静，却并不觉得特别寒冷，更没有一般墓地里惯有的森森死气、飒飒阴风，甚至给人一种别样的生动和温暖。对，我斟酌再三，用"生动和温暖"来概括当时的感受，是比较准确的。

同行者很快就兴奋起来，在墓地里跑来跑去地寻找自己所熟悉的作家和名流们的墓碑。每个墓碑都有着鲜明的个性，就仿佛他们的灵魂还活着……

没有人不知道这里是埋葬死人的，可奇怪的是"百花齐放"般的墓碑传导出一种生气和活力，盖住了墓地里的死亡气息。葬在这里的人活着是什么样，死后就还是什么样，而且选其生前最精彩的瞬间凝固住，移植到这儿。让死亡自然而然地显现出生的活力、生的燃烧，当然也就有了生的温暖，使这里更像是俄罗斯现实社会的一个浓缩版。

比如赖莎，作为苏联国家领导人戈尔巴乔夫的夫人，生前可谓风光无限，曾被评为"世界最有魅力的女人""着装最时尚的女人"等等。新圣母公墓里的赖莎仍然风姿绰约地站在镜头或众人前，神采飞扬地在说着什么，依旧非常醒目，引人驻足。

再比如俄罗斯的"芭蕾舞女皇"乌兰诺娃，她墓碑前的雕像依然着舞衣、穿舞鞋，定型在一个最优美的舞姿上。她的死就仿佛是生的继续。

此时，耳边不由得回响起经典诗人的名句："没有比由生带来的死更加绚丽，没有比死里孕育的生更加高贵！"卓娅墓碑上的形象是在激烈地扭动、抗争，那也应该是她生前面对敌人时最典型的神情。她之所以不朽，留给人们的记忆就该是这个样子。

而俄罗斯的前总统叶利钦的墓，却建在整个墓地中央的空场边上，使这块原本四四方方的墓地广场不再规则。

陪同的一位俄罗斯作家大概不喜欢叶利钦，便发牢骚说："他活着破坏国家的完整，死后破坏墓地的秩序。"这不也正是老叶的性格吗？

在这里，每个死者都极好地保留了生前的个性，性格张扬者还自管张扬，性格内向的就静静地看着别人张扬，各随其所好。因为每个墓碑的设计者都是死者生前亲自选定的，或死后由亲属代为选定的，而设计者又都想在墓碑上体现死者生前的特点。比如老外交家莫洛托夫的墓碑上，雕刻了他凹凸两副面孔。设计者是想揭示他职业上的双面性，还是做人上的两面性？无论是哪一种，这墓碑都是获得了莫洛托夫家人认可的。

赫鲁晓夫的墓碑就更为引人瞩目，用黑白分明的大理石，凹凸无规则地包捧着他的大脑袋，强烈地突显了赫氏性情急躁、喜怒形于色的个性，以及大起大落的人生命运，和人们对他像黑与白般截然不同的评价。而这个设计者恰恰是痛恨赫鲁晓夫的人。赫氏在当政时曾公开批评过这个艺术家的一件作品，并挖苦他不懂艺术。后来他可能意识到自己的批评有误，在死前留下遗嘱，自己墓碑就要请这个人设计。艺术家起初不想答应，但死者的遗愿怎好违背，便提出条件："想叫我设计也可以，那就得我设计成什么样就是什么样，政府和家属都不得改动。"

事实证明这位墓碑设计者与赫鲁晓夫是一对知音,这块墓碑设计得新颖奇特,在墓园里广受赞誉,甚至成为一段佳话在社会上流传。罗马哲人奥维德说:"人在入墓地之前,是不能宣称自己是幸福的。"一个人临终的时候从不流泪,只有出生时才会哭泣,越是生得充实,就越不怕死。赫鲁晓夫进了这样一个墓地,并有了这样一块墓碑,他可以含笑九泉,称自己是幸福的。

墓地能让人有幸福感,这是怎样一片神奇的墓地!

这也正是在大雪中我还能说它给人以温暖之感的原因。这甚至是一种在人间也少有的温暖,因为在这里不仅埋葬着大人物及各界名流,还埋葬着许多普通百姓,他们有不同的宗教信仰,属于各种不同的政治流派,有的生前是政敌、是冤家,谁曾整过谁,谁曾陷害过谁,相互曾折腾得你死我活……但死后大家共处一个墓园,完全平等了。公墓里保留了每个人的人性特点,大家都相安无事了,平和而安静。

还看到王明一家人的墓碑。不管历史怎么评价他,一家人能在这个著名的公墓里团聚,岂不是获得了一种心的满足?李白有句:生者为过客,死者为归人。王明以一种依赖的无比亲近的目光望着妻子和女儿,那娘俩也用近乎崇敬抑或是怜爱的眼光回应着他,中间隔着一条小路。

世俗的死的观念,常常会欺骗人们,让活着的人怕死,消磨生存的意志。其实达·芬奇有言："我以为我在学习如何生存，而实际上我一直在学习如何死去。"死是有素质的，新圣母公墓里的死，素质就很高，让人感到这里是很好的最终归宿。长眠于此，便能获得一种长久的生动和温暖。